青春豬頭少年不會夢到迷惘女歌手

鴨志田 一

插畫 溝口ケージ

Kadokawa Fantastic Novels

成為大學生的麻衣與咲太等人邁向
全新的每一天——

櫻島麻衣
完全復出成功，家喻戶曉的女明星。
現在和交往中的咲太就讀同一所大學。
即使在日漸忙碌的工作中，
依然非常珍惜和咲太共度的時光。

「好好喔，漂亮的戀人。我也想要一個。」
美東美織
和咲太選修相同的通識課程，
身上不帶智慧型手機的漂亮女大學生。
個性天不怕地不怕，自稱咲太的朋友候補。

「我的麻衣小姐不會給妳喔。」
「好好喔。」
梓川咲太
和往常一樣沒有智慧型手機，
有點古怪的大學一年級生。
無所顧忌地與麻衣上同一所大學，
每天過著平穩的生活。

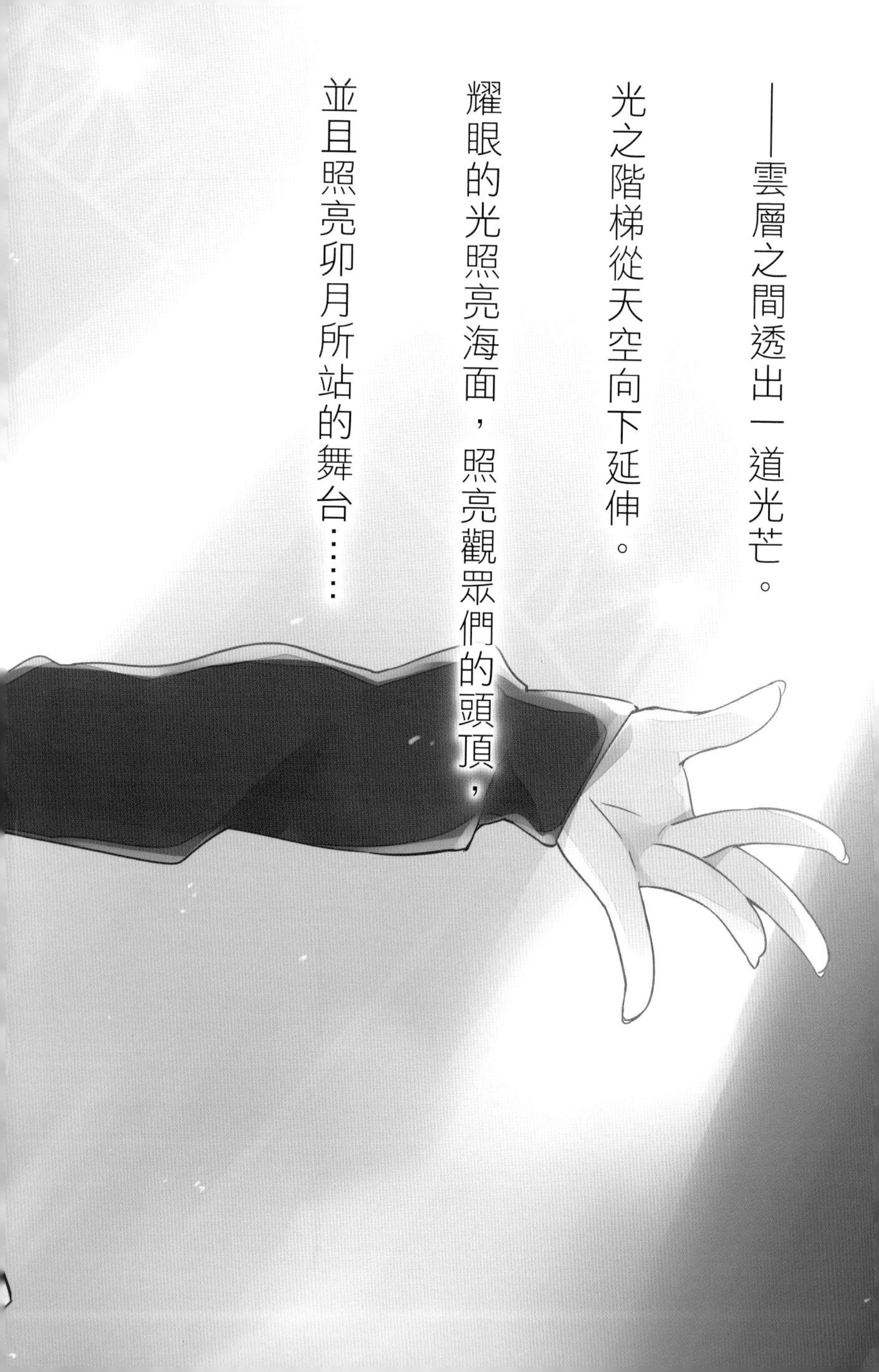
——雲層之間透出一道光芒。
光之階梯從天空向下延伸。
耀眼的光照亮海面，照亮觀眾們的頭頂，
並且照亮卯月所站的舞台……

廣川卯月
只要不講話就很漂亮，
但一開口就明顯少根筋，「甜蜜子彈」的主唱。
受到和香感化，升上大學就讀，然而……

青春豬頭少年不會夢到迷惘女歌手

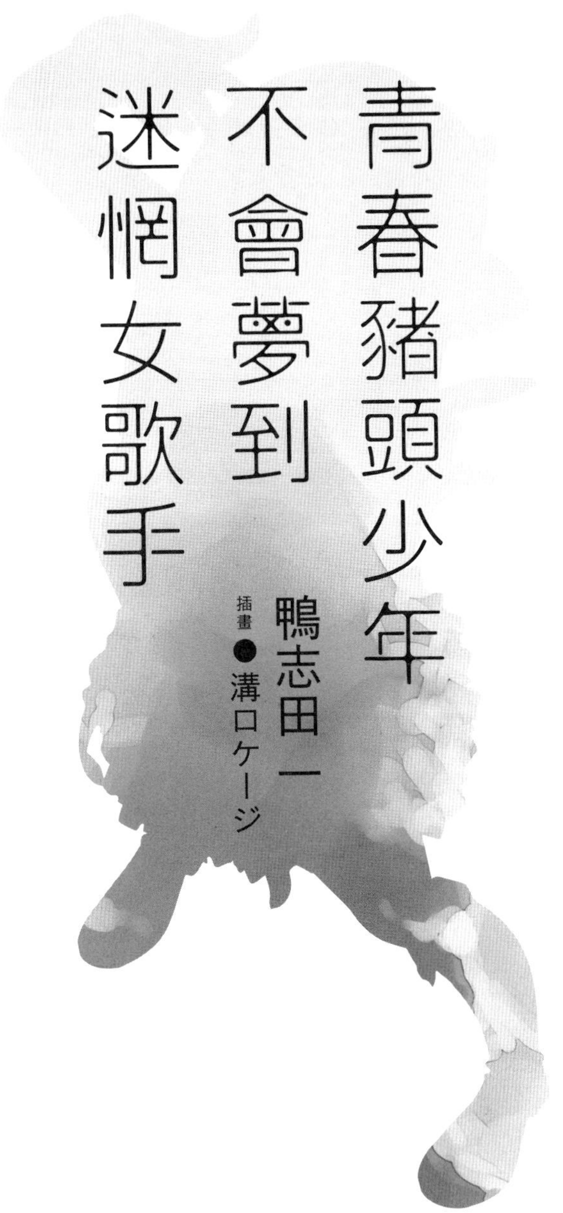

鴨志田一
插畫●溝口ケージ

Kadokawa Fantastic Novels

從哪裡到哪裡屬於我自己？
告訴我，好嗎？
某人的聲音在耳朵深處響起，
邊界逐漸融化消失。
我將成為混合為一的群體。
告訴我，這是錯的嗎？

節錄自霧島透子《Social World》

第一章

思春期不會结束

1

這天，梓川咲太在「一千兩百圓兩小時喝到飽」的店，思考還要喝幾杯烏龍茶才回本。

第三杯喝完了，所以他叫住路過的店員小姐。

「啊，請給我烏龍茶。」

就像搭咲太這班便車，「啤酒也一杯」、「還要Highball！」、「我要檸檬沙瓦」、「檸檬沙瓦加一！」、「烏龍茶燒酒兩杯」等，周圍桌子的客人也接連加點。

「好～～馬上來！」

店員小姐笑盈盈地回應，往廚房的方向消失。

等待的時候，咲太將玻璃杯裡剩下的冰塊送入口中。冰塊還沒全部融化，店員小姐就俐落地端著許多玻璃杯與酒杯走回來。

「來，烏龍茶。」

插著吸管的玻璃杯咚一聲放在桌上。總之先喝一口。略帶苦澀的烏龍茶味，喝起來和附近超市賣的一模一樣。

兩公升裝的寶特瓶，市售價格約兩百圓。如果有一千兩百圓，算一算可以買十二公升。

要在兩小時內喝這種量，即使是懲罰遊戲也很離譜。已經是極刑了。捨棄回本的想法比較能長命百歲。

咲太思考這種事情時，突然有人向他搭話。

「方便坐這裡嗎？」

視線從玻璃杯上抬起來一看，隔著餐桌的正對面，一名女學生站在榻榻米上。連身長裙繫著蝴蝶結造型的腰帶，加上一件捲起袖子的軍服風格外套。

染成不會太過高調的亮色頭髮綁成一顆鬆鬆的半丸子頭，整體印象統合為不會過於甜美的休閒風髮型。

不過，身體線條嬌柔纖細。明明掛著微笑，表情看起來卻有點困惑，大概是因為左眼下方的那顆淚痣吧。

「真要說的話，不方便。」

咲太老實回應她問的問題。

「……」

淚痣女孩沒將視線從咲太身上移開，默默地不斷眨眼，大概是沒想到會被拒絕吧。

「為什麼？」

慢了約三秒發問的她稍微注意別弄皺裙子，坐在咲太正前方。剛才明明委婉拒絕了……大約剩半杯的飲料也放在桌上。玻璃杯表面因為冰塊融化而流了不少汗。她還準備了新的分食盤，滿心想霸占這個位子。

「因為啊，斜後方座位傳來的視線刺得我很痛。」

咲太不必刻意轉過去確認也知道。她剛才坐的那桌，記得有一個應該是她朋友的短髮女生，還有三個男生。咲太剛才加點烏龍茶的時候，看見他們彼此拿出智慧型手機說著「這是我的ＩＤ」要加好友。

「感覺他們好像要開始交換ＩＤ，所以……」

所以才逃到這一桌。看來她是想這麼說。

「不願意的話，拒絕不就好了？」

「正常來說是這樣沒錯……」

聽完咲太的建議，淚痣女孩一臉為難。不對，只是因為她天生是這種表情，或許她其實完全不為難。

「有什麼不正常的理由嗎？」

「……因為我沒有智慧型手機。」

停頓片刻之後，她回以這個理由。

「在這個時代真稀奇啊。」

「所以，他們不會相信。」

明明是真的，卻不被認為是真的。眾人會以為她是以拙劣的謊言拒絕。若要好好讓大家理解就得說出不帶手機的理由，這在某方面來說也很麻煩。她以困擾的雙眉這麼說明。

「妳是一時心情不好，把手機扔進海裡嗎？」

「天底下有人會這麼做嗎？」

天底下就是有人會這麼做，不過說出來會被笑到不行，咲太決定不要跳出來承認。

「可是，妳沒有手機，平常是怎麼活過來的？」

「人沒手機會死掉嗎？」

「好像會喔。我認識的女高中生是這麼說的。」

「……女高中生？」

不知為何她的雙眼混入輕蔑的神色。難道成為大學生之後就不能認識女高中生嗎？

「那個女高中生是我的高中學妹。」

在造成奇怪的誤會之前，咲太補充了這個情報。

「那就算安全過關吧。既然這樣，乾杯！」

雖然不知道「既然這樣」是怎樣，咲太還是以自己的玻璃杯輕碰她遞出的玻璃杯，彼此用吸

管喝了一口飲料。

「你喝什麼？」

「烏龍茶。」

「我也是。」

「這樣啊。」

「這個要喝幾杯才能回本？」

「有人算過，大概要喝十二公升。」

「絕對喝不了這麼多吧？」

「是啊。」

真是沒內容的對話。與其這樣，感覺聊今天的天氣都比較有建設性。

繼續和素昧平生的女生聊空洞的話題也很空虛，所以咲太決定依照今天聚會的宗旨進行自我介紹。

「我是統計科學系一年級的梓川咲太。」

「怎麼突然講這個？」

她笑著將毛豆送入口中。「豆豆真好吃！」她輕聲說完又喝了一口烏龍茶。拿著玻璃杯的手、夾著吸管的手指、銜著吸管的嘴唇……一舉一動都莫名散發女人味，感覺可以理解為何會被男生包圍。單純以男生的角度來看，總覺得她很可愛，並不是不能懂斜後方那桌男生想交換聯絡方式的心情。

不只是這些舉止，淚痣打造的為難表情刺激著無法扔下她不管的衝動。她似乎擁有令人一見鍾情的魔力。

「我會不好意思，所以我吃東西的時候不要老是盯著我看。」

她察覺咲太的視線，隨即這麼說。不過她看起來沒有害臊，再度夾起毛豆。

「今天姑且是那種聚會吧？」

咲太在座位上轉過身環視，這裡是居酒屋的榻榻米座位，有六張底下挖洞可以放腳的四人桌。整個榻榻米空間剛好形成一個小包廂。

有一桌都是男生。

也有一桌都是女生。

男女共桌的有四桌，其中一桌只有咲太與她。

包下榻榻米座位，大笑著拍手，拿出手機勤於交換帳號的這些人，是和咲太就讀同一所大學的學生，約二十人。

今天是九月最後一天，三十日星期五。

下半學期從這週的週一開始，在各學系一起進行的通識課程選修相同科目的成員聚集在這

裡。接下來這半年請多指教……以這種聯歡會的名義聚餐。

場所在橫濱站附近。從西口徒步數分鐘，鬧區裡的連鎖居酒屋。參加費包括喝到飽的費用是兩千七百圓。

開始經過一個半小時的現在，除了咲太這一桌，其他人完全喝開了，說話聲與笑聲都隨著時間有增無減。

預定在時間差不多的時候輪流自我介紹……記得幹事一開始是這麼說的，但如今沒人記得，也不在乎這種事，變成「開心就好」的氣氛。

「我是國際商學系一年級的美東美織。」

「妳好。」

「不過，我當然早就知道梓川同學了。」

「因為我是名人啊。」

真正的名人是和咲太交往的女友……誇稱家喻戶曉廣受喜愛的藝人「櫻島麻衣」。電影、戲劇、廣告、時尚雜誌模特兒等等，麻衣活躍於各方面領域。不只如此，去年下半年還在晨間連續劇《歡迎回來》這部作品中飾演女主角，對以晨間連續劇出道的麻衣來說，真的是「歡迎回來」的一年。這一年來，她更加有存在感了。

這樣的麻衣和咲太是男女朋友的關係，這件事超越傳聞的次元，在大學內成為眾所皆知的事實被人接受。

麻衣也就讀同一所大學，所以廣為人知也是當然的。美織說「當然」也是當然的。

咲太入學經過半年的現在，也幾乎沒有學生拿這個話題捉弄他了。說起來很神奇，鮮少有人當面詢問「你們在交往嗎？」這種問題，至今被問的次數用雙手就數得完。

大家應該都很好奇。不過，這種趕流行的舉動總覺得很俗氣。校園內自然打造出相互牽制的氣氛。

「好好喔，漂亮的戀人。我也想要一個。」

「我的麻衣小姐不會給妳喔。」

「好好喔。」

美織的眼神看起來不只羨慕，甚至是忿恨。

「想要戀人的話，挑一個妳喜歡的就好吧？畢竟妳看起來很受歡迎。」

咲太瞥向斜後方那一桌。那裡新加入一名女生，目前也在愉快地聊天。不過周圍太吵，聽不到詳細的內容。

這次美織真的忿恨似的看向咲太。「你嘴巴很壞耶。」她這麼批判咲太。

「對了，梓川同學，你怎麼自己一桌？」

「並不是一開始就自己一桌。」

「我知道，因為我剛才就從那一桌看見了。」

直到不久之前，咲太都和已經換桌的男生同一桌。同系的福山拓海。

「我也想要女友～～」

「既然這樣，去和女生交流吧？」

「我會害羞。」

「那我去一下好了。」

「那我也要去。」

「請自便，慢走。」

「辦不到啦～～」

咲太與福山進入店內就一直重複這種毫無生產性的對話，不過咲太上完廁所回來，福山就狡猾地混進有女生的別桌。咲太覺得酒精的力量真偉大，因為福山甚至拿出智慧型手機硬是交換了帳號……

咲太將這件事告訴美織。

「你也請別桌讓你加入不就好了？」

美織嚼著上桌的炸雞塊這麼說。

明明看起來不會吃炸雞塊這種高熱量食物，美織卻著實吃得津津有味，一臉幸福地咀嚼，才吞下肚就將筷子伸向下一塊。盤子裡原本有四塊，四人份的四塊，不過這桌只有咲太與美織兩人，所以一人分兩塊符合計算。但是以整體來說，將會有幾個人吃不到……

這麼想沒多久，美織就以筷子夾起第三塊，若無其事地放到自己的盤子。

「梓川同學，你今天是來做什麼的？」

「主要是來吃飯的。」

在她拿走最後一塊之前，咲太也以筷子夾起炸雞塊。

「別桌人多，分到的會比較少。」

其實咲太原本沒有要參加，但是拓海死纏著邀他一起去，他才決定露臉。

「大家都很飢渴耶。」

美織置身事外般看向積極想變熟的同學們。

「美東同學不一樣嗎？」

和高中不同，大學沒有「幾年幾班」這種居所。沒有每天固定待的教室，也沒有每天固定坐的座位。上課都在不同的教室，依照進入的順序選喜歡的座位就好。

其中最大的差異，應該是沒有同班同學吧。

如果學系相同，畢業要拿的必修學分也相同，所以見面的機會姑且比其他學系的學生多。即使如此，在以通識課程為主的第一年，必修學分只占所有課程的一半左右。相較於每天一直待在

同一間教室的高中生活，自己和周圍的強制連結一下子變得鬆散。

在那個時候，人際關係只在同一間教室內完結，如今終於從這種拘束的環境解脫變自由了。

相對地，至今所分配到名為「班級」的居所沒了。

所以，選修相同課程的學生們會像這樣聚集起來，參加社群，自動自發打造自己的居所。總之先帶著笑容拚命交流，幸運交到男友或女友的話最好，抱著這樣的想法誇張地拍手。

「其實我也很飢渴喔。」

美織說著把留到現在的炸雞塊送入口中。

她嚼著炸雞塊，並且在意這場聯歡會的狀況，但她嘴裡這麼說，看起來反而不像在尋求什麼，彷彿在某個遙遠的世界觀看酒酣耳熱的他們，視線不溫暖也不冰冷。

對美織來說，飢不飢渴或許都無所謂。說起來，美織好像沒要求自己講話要有什麼確實的意義，感覺半是隨口說說的。

「那麼，時間剩下五分鐘，差不多該離開了。啊，續攤預定要去唱歌，請各位參加喔。」

最深處那一桌，擔任幹事的男學生將雙手擺成喇叭狀告知。一半的人聽進去，一半的人沒聽進去。

「他說要續攤。梓川同學，你要去嗎？」

「我要先走。畢竟等等要打工。」

「等一下？夜晚的打工？」

時間還沒有晚到稱得上夜晚，才剛過下午六點。這場聯歡會舉辦得早，是從居酒屋開店的下午四點開始。

「今天是個別指導補習班的講師。」

「為什麼強調『今天』？」

「我還有在連鎖餐廳打工，每天不一樣。」

咲太喝光玻璃杯裡剩下的烏龍茶，響起吸到空氣的滋滋聲。

「學生是國中生？」

「高一。」

咲太一邊回答一邊拿著自己的背包起身。

「教女高中生各種事情是吧，好低級喔～～」

「我教的是數學，而且學生也有男生。」

咲太目前負責兩個學生，一男一女。補習班採用學生可以指名講師的系統，所以只要沒被指名，學生就不會增加。學生人數與授課時數直接反映在打工薪水上，咲太想再收一兩個學生，不過這只能耐心等待。

咲太第一個走出依然熱鬧的榻榻米包廂並穿鞋。往旁邊一看，美織不知為何也蹲著綁球鞋的鞋帶。

「不續攤？」

「KTV我不行。」

美織一臉為難地笑了。這次感覺她真的露出了傷腦筋的表情。不過，說不定是誤會。咲太還沒跟美織熟到摸得清她的內心。

「趁還沒發現前先走吧。」

美織轉身看了包廂一眼，說著「要是被邀約很麻煩」露出有些頑皮的微笑，帶著咲太走出居酒屋。

走到戶外，悶熱的感覺纏上肌膚。九月應該也在今天就要結束，但是近年來的夏天遲遲不肯結束。

大概也因為今天是星期五，大批人潮從車站流向鬧區。

他們接下來將要喝酒聚餐、聯誼或是約會吧。

咲太與美織逆著人流，渡過架在帷子川上的橋，走河岸避免人擠人。美織走得慢，不時必須小跑步，卻沒出言抱怨咲太走太快。

咲太稍微放慢腳步，轉頭看向走在斜後方的美織。

「把朋友留在那裡沒關係嗎？」

「真奈美？」

「呃，我不知道她的名字。」

「沒事的。我繼續待下去，她反而會恨我。」

美織走到咲太身旁，帶著嘆息這麼說。

「原來如此。朋友的心上人喜歡妳會很麻煩是吧。」

美織大概沒想到剛才的說明就能讓咲太聽懂吧。她應該也沒有要說清楚的意思，所以說得簡短又含糊。

「剛才那樣，你居然聽得懂。」

美織從旁抬頭看咲太，眼神率直地表露驚訝。

「因為我認識一個女高中生也困擾過類似的事。」

被朋友的心上人示愛，打從心底煩惱。

「梓川同學，你認識好多女高中生耶。」

美織突然改回客氣的語氣，不經意遠離咲太。

「和我剛才提到的女高中生是同一個人。」

再過半年應該會變成女大學生的女高中生。

「哎，我就當成是這麼回事吧。」

「真的啦。」

「你搭ＪＲ？」

就這麼留下些許誤解，換了話題。要是死咬著這個話題不放，感覺就某方面來說會愈描愈黑，這時候還是收手比較好。

「搭東海道線到藤澤。妳呢？」

「我要到大船。」

她講得洋洋得意，大概是因為近了一站。距離橫濱站比較近，代表從這裡搭京急線到大學也比較近。

大學位於金澤八景站。

「妳是大船在地人？」

咲太嘴裡這麼問，內心隱約覺得應該不是這樣。美織洋溢的氣息沒有大船的感覺。兩人就讀的是市立大學，學生大多出身於市內或縣內，或許因為這樣，來自其他地域的學生散發的氣息很神奇地感覺不一樣。

「不，我考上大學之後一個人住。」

「既然這樣，租近一點的房子不是比較好嗎？」

「離鎌倉很近喔。」

咲太這句話當然是「離大學近一點」的意思，她卻不知為何回以這個獨特的理由。不過鎌倉確實是個好地方，也留有咲太和麻衣約會的回憶。

「梓川同學，你是藤澤在地人嗎？」

「感覺已經是半個在地人了。」

高中三年在那裡度過，咲太自己也不認為是外地人。以前居住的橫濱市郊外，如今反倒會令他不自在吧，因為從國中畢業之後就再也沒去過。

來到大馬路，立刻被第一個紅綠燈擋下。

「啊，對了。」

美織從托特包取出一個小塑膠盒。搖動就發出沙沙聲，是薄荷口香錠。聽聲音就知道還有很多顆。

美織倒出三顆扔進自己嘴裡，剩下的整盒都給咲太。

「我的嘴巴這麼臭嗎……」

「剛才的炸雞塊用了大蒜。你等等要當補習班老師吧？」

「謝謝妳的貼心。」

咲太也扔了三顆到自己嘴裡。口氣變得清新，鼻腔涼涼的。

「要說是這東西的回禮也不太對，不過……」

「什麼？」

美織瞥向咲太問道。

「我覺得最好別對男生這麼做喔。」

「為什麼？」

「因為妳好像不太想受歡迎。」

「沒問題的。我只會對你這麼做。」

「我被鎖定了嗎？」

「意思是我很放心。因為你絕對不會喜歡我吧？畢竟你有全日本最可愛的女友。」

「妳說全世界最可愛的女友嗎？我確實有喔。」

咲太這番話引得美織噗哧一笑。「來這招喔～～」她看起來挺開心的。

燈號還沒轉綠。

「……」

「……」

對話中斷時，兩人的視線同時朝向某處。馬路的正對面。那裡有一位身穿套裝在發面紙的女性，年紀大概二十出頭。雖然外套脫掉，但是襯衫滲出汗水，大概是因為長時間發面紙吧，瀏海也貼在額頭上。可能是今年錄取的業務部門新人。

她說著「請參考看看」熱情地遞出面紙，但是沒有人拿。

所有人都直接走掉。

「你打工有做過發面紙的工作嗎？」

「沒做過那個。」

「沒人拿耶。」

「是啊。」

「說不定那個人……只有我們兩人看得見。」

美織突然以正常音調說出這種話。

「怎麼可能。」

「你不知道嗎？這叫作『思春期症候群』。」

「……」

不知道多久沒聽到這個詞了，所以咲太頓時沒能反應。

「像是別人突然看不見自己、預先看見未來，或分裂成兩個人……聽說症狀各有不同。」

「是喔。」

「在國中或高中，沒有人在傳這種事嗎？」

燈號轉綠。

「嗯，是有聽過傳聞啦。」

咲太先踏出腳步，美織遲一步跟上。

「不過，這單純是謠言吧？」

過馬路之後，從女性手中接過面紙。

「謝謝。」

告知新屋落成銷售中的傳單也一起送到手中，但咲太自認看起來不像是會買房的人……大概是太拚命發面紙，賣房子這個原本的目的被拋到九霄雲外。

思考這種事的時候，和咲太擦身而過的男性從女性手中接過面紙，年齡大概五十幾歲。剛才那個人或許是目標客群。

後來也有許多人拿了面紙。

「除了我們，也有人看見喔。」

「什麼嘛。」

美織覺得無趣似的說了。

「說起來，那個小姐也不是思春期的年紀吧？」

看起來感覺超過二十歲。

「思春期是到幾歲？」

「這個嘛，我就不知道了。」

畢竟有個人差異，也沒有明確的定義。一個人並不是在年滿二十歲的瞬間就變成大人。

「那麼，梓川同學還在思春期？」

「差不多想畢業了。」

「畢竟是大學生了嘛。」

「妳呢？」

「我的話……應該還在思春期。」

「為什麼？」

「因為我沒交過男友。」

「原來如此。」

「唔哇～有女友的傢伙講得這麼跩，氣死我了～」

美織用沒有抑揚頓挫的語氣抱怨，接著說「這個我接收了」從咲太手中搶走面紙，要走進地下道。

「驗票閘口在另一邊喔。」

美織正要走下去的階梯前方，是商店鱗次櫛比的橫濱站地下街。

「我買個東西再回去。再見。」

美織輕輕揮手之後，頭也不回就下樓前往地下街。

「該怎麼說……」

美東美織是個難以捉摸的人物。有親人的一面，表情也很豐富，不過到了一定的距離就不再接近。之所以在這裡道別，大概是因為一起進車站之後直到中途都得搭同一班車吧。雖然可能是咲太想太多，但她給人這種感覺。

用得到的面紙被搶走，只剩用不到的傳單。咲太將傳單收進背包後進站。

「這麼說來，好久沒聽到『思春期症候群』了。」

穿過ＪＲ驗票閘口的時候，他忽然這麼想。

2

從橫濱站搭乘的東海道線電車，碰上返家的上班族與學生，頗為擁擠。大概因為星期五不少人會去逛逛，車上以這個時段來說還算空。

咲太靠在車廂互連通道的門邊確保居所，然後從背包取出一對一補習要用的講義，閱讀第二十五頁二次函數的例題。這是教學所需的預習。

這段期間，電車順暢地行駛，穿過橫濱站周邊的商業區，景色逐漸變成住宅區。接近下一個車站，高大的建築物再度增加，等到離站之後又是一連串平穩的街景。這樣的變化不斷反覆。

當初開始上大學的時候，大海、天空與水平線令咲太懷念，但是經過半年之後，也習慣在電車上這樣度過了，大致都像今天一樣預習補習班的課程。

只不過，今天實在無法專心。

咲太自己知道原因。

剛才在那場聯歡會認識的美東美織講了那句話。

——你不知道嗎？這叫作「思春期症候群」。

上次聽別人說出這個詞，不知道是多久以前的事了。

至少升上大學至今的半年來沒聽過。在這之前的……高中三年級那時候，整天都在念書準備考試，還是沒聽過。

所以粗估至少一年半沒聽過。

自己無法被他人認知。

體驗到預測未來的感覺。

自身分裂為兩人。

外表和別人對調。

內心的痛楚顯現為肉體的傷。

先一步抵達未來。

逃進可能性的世界。

咲太以往接觸過這些思春期症候群。

不過，這一年半什麼都沒發生。

這是應該歡迎的事，所以咲太沒好奇為什麼生活變得平淡，也沒細數這種日子過了幾天。

回過神來，不知不覺經過了一年半的時間。

載著咲太的東海道線電車在中途停靠戶塚、大船站，按照時刻表抵達藤澤站。

咲太順著前往驗票閘口的人潮，排隊走出車站北門。在家電量販店前面左轉就看見他擔任兼職講師的補習班招牌。商業大樓的五樓。

咲太搭電梯上來，明明是晚上卻對教職員室說了「早安」。

和學校的教職員室不同，沒有門或牆壁，可以清楚看見最深處。

旁邊是擺了幾張桌子給學生使用的自由空間，和教職員室只隔了一個及腰的櫃檯，設計成方便學生和講師交談。

實際上，現在也有一名學生隔著櫃檯向講師詢問英文寫作的問題。

「早安，梓川同學。今天也拜託了。」

向咲太搭話的是年約四十五歲的補習班主任，大概是發生了什麼問題，帶著為難的表情注意電話的動靜。

咲太對此沒太大興趣，只有簡單點頭致意，然後進入更衣室。

打開貼著「梓川」名牌的置物櫃，拿出設計成白袍加西裝外套除以二的外衣，沒換衣服直接套上。這是補習班講師的制服。

從背包取出上課用的講義，姑且將大量薄荷口香錠塞入嘴裡，走出更衣室。

前往樓層深處並排的教室。

不過雖說是教室，也只是簡單隔間，大約一坪半的上課空間。入口沒有門，牆壁也沒連接到天花板，豎耳就隱約聽得見隔壁的說話聲。

在這個空間等待的是一名男學生與一名女學生，隔著中間的走道坐成一列。相較於乖乖等待的女學生，男學生專心玩著手機遊戲。既然特地戴上耳機，大概是節奏遊戲吧。

「那麼，開始吧。」

「好的。」

只有女學生回應，講義也已經打開到今天要上的第二十五頁。

她的名字是吉和樹里。

與曬成健康小麥色的肌膚相反，是個性冷淡文靜的女學生，好像是為了兼顧課業以及加入至今的業餘海灘排球隊而報名補習。她穿著咲太熟悉的峰原高中制服，身高約一六〇公分，在業餘社團打海灘排球應該有點嬌小。

咲太見過的青少年選拔好手都和麻衣差不多高，甚至更高。雖說才高一，不過以女生來說應該沒辦法再長多高了。

男學生隨口回應「好～～」，卻沒有要從手機上抬起頭的意思，專心打遊戲。

他的名字是山田健人。

和樹里一樣，也是就讀峰原高中的一年級學生。但兩人不同班，在學校好像幾乎沒交集。

健人的狀況是第一學期成績太差，為了提升基礎學力，從夏季講習就一直在這裡補習……應該說是父母逼他來補習，咲太在第一次上課的時候聽他抱怨過。

身高一六五公分，但是因為那顆刺蝟頭，看起來更高。咲太沒聽說他參加哪個社團，不過從體格來看，或許到國中之前都在練某種運動項目。

「山田同學，要開始了喔。」

時鐘指針走到開始上課的晚上七點。

「等一下，再兩秒。」

「一～～二～～今天從第二十五頁，二次函數的複習開始。」

「啊～～真是的，咲太老師害我錯過第一次的Full Combo了啦～～」

咲太無視於繼續抱怨的健人，講解二次函數的應用題。這是健人與樹里在暑假過後的實力測驗不會寫的題目。以例題為軸心，在白板上示範整套解題法，結束之後讓兩人挑戰練習題，使用和例題相同的模式解出答案，有不懂的部分就個別講解。

樹里依照指示，開始在筆記本上解題。

健人皺起眉頭思考，但立刻放棄。

「咲太老師～～」

他無力地趴在桌上求助。

「什麼事？」

「我不懂。」

「哪裡不懂？」

「我不懂要怎樣交到可愛的女朋友。」

還以為他想問什麼，居然是問這個。

「上課的時候應該解題喔。」

「老師有全世界最可愛的女友，教我啦～」

「我確實有全宇宙最可愛的女友，但是不能教你。」

健人不是現在才開始講這種話。

「我覺得咲太老師會傳授交女友的必勝訣竅，才會指名你耶。唉～早知道就選雙葉老師了，因為她胸部好大。」

健人說的「雙葉老師」，是咲太高中時代到現在的朋友雙葉理央。她現在就讀理組的國立大學，比咲太早一個月來這間個別指導的補習班擔任兼職講師。

「剛才那句話會被女生討厭，最好小心一點喔。」

咲太有點在意而瞥向樹里，她正在默默解題。

「意思是在內心想想就好？」

「思想的自由是受到保障的，你在社會科應該學過吧？」

「原來悶聲色狼是人類的自由啊。」

他是怎麼解釋才變成這樣的？但這個說法未必錯誤就是了。

「我理解你想交女友，不過說起來，你有喜歡的對象嗎？」

感覺課上不下去，不得已只好陪他聊。

「只要是正妹都喜歡。」

得到這個蠢得令人覺得乾脆的回答。

「我認為一個人的內在也很重要喔。不過，我這麼說也沒說服力就是了。」

「胸部大一點比較好。」

「我說的『內在』是性格。」

沒人在說衣服底下的內在美。

「梓川老師。」

樹里終於發出略帶責難的聲音。看向樹里手邊，她只解開剛才的一題就停手了。旁邊在聊這種話題，她當然會分心。

「好啦，回過頭來上課吧。」

「請教我怎麼交女友。」

「不准問數學以外的問題。」

「為什麼？」

「因為沒算在我的時薪裡。」

「要是交不到女友，我也沒心情用功了。」

「山田同學，你為什麼這麼想交女友？」

「因為只要有女友，就可以盡情做色色的事情吧？」

「……」

雖然想過應該是這麼回事，不過真的聽到還是會不禁語塞。

「……咦？不是嗎？」

「只要這種想法還在，應該就交不到女友吧。」

即使是學生，咲太也忍不住投以同情的眼神。雖然健人沒察覺，不過一旁的樹里露出盡顯厭惡感的冰冷目光。

此時，室內響起叩叩的敲打聲。入口沒有門，所以是敲打隔間牆的清脆聲音。

「梓川老師。」

被叫到的咲太轉身一看，高中時代到現在的朋友雙葉理央站在入口。她穿著和咲太相同的補習班講師制服。

「方便借點時間嗎？」

態度冷冰冰的，表情明顯不高興。

「幹嘛？」

「不管，過來。」

她以視線命令咲太到教室外面。

「題目要解完喔。」

咲太吩咐健人與樹里之後，暫時離開教室。

理央帶咲太來到自由空間附近，停下腳步，「唉～～」地嘆了一大口氣。

「上課的時候專心上課。我的學生抱怨隔壁很吵。」

理央看向剛才咲太所在的教室旁邊。理央正在隔壁教物理。

「我很認真上課喔。」

「但我聽到不像是認真上課的字詞啊。」

大概是「胸部」跟「色色」吧。

「不是我說的。」

如果這時候看向理央包得緊緊的胸前，不知道會被說些什麼，所以咲太露骨地移開視線。

「唉……」

理央再度嘆了一大口氣。

「你要小心一點，不要也被開除了。」

「也？」

講得像是某人被開除了。

「那邊。」

理央以視線示意教職員室前面的自由空間。在職的年輕男講師正在對補習班主任解釋某些事情。

「不是這樣，真的！」

「你冷靜。我們到別的房間聽你解釋。」

「就說是誤會了！欸，妳說對吧？」

年輕講師和善地搭話的對象是站在約三公尺遠的女學生。她也穿著峰原高中的制服，在女性講師的陪同下低著頭，側臉貼著一層罪惡感。

「對不起。我對老師不是那個意思。」

她說的「那個意思」是哪個意思？用不著特別詢問，現場尷尬的氣氛就如實說明了兩人的關係。

講師與學生的戀愛糾紛。若是相信剛才的說法，那麼女學生好像沒有那個意思……

男性講師單方面誤會，想更進一步……大概是這麼回事吧。

「妳說我總是很可靠！也想找我商量課業以外的事情！所以……！」

今天來到這裡之前，美織才消遣「教女高中生各種事情是吧，好低級喔」，但咲太沒想到會真的遭遇這種場面。

「對不起。」

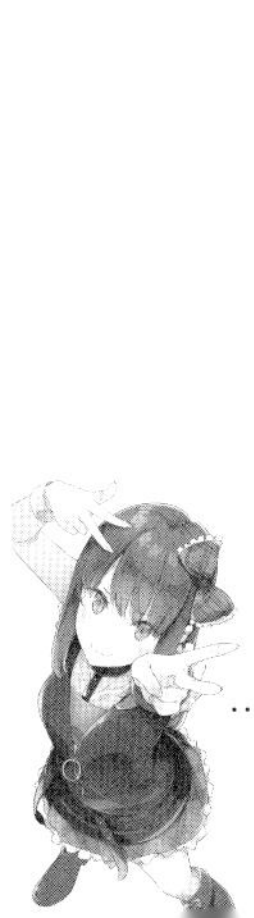

面對像在求情的男性講師，女學生過意不去似的斷然切割。

「怎麼這樣……」

聽到女學生拒絕，男講師只能垂頭喪氣。

「那麼，老師，請往這裡說個分明。」

「……好的。」

班主任推著走的男講師簡直像被逮捕的嫌犯。不過他的背影與其說是對這種結果感到後悔，更像是單純失戀的男性。

他的身影消失在主任室。

「請問……老師今後會怎麼樣？」

女學生擔心似的詢問女講師。

「妳不用在意。」

這種說法暗示會有某些處分。這也在所難免，畢竟是那種狀況。

「不過，請從輕量刑。我真的沒事。」

「嗯，我會轉告班主任。好了，妳今天先回去吧。」

「……好的。」

女學生如此回應，卻留在原地不動，大概還在擔心男講師的處置吧。她嬌憐地看著主任室的門。抬起頭的她感覺是平易近人的優等生，髮型整理得很清秀，制服也整整齊齊，臉上只有淡淡的自然裸妝。如果是高中時代的咲太，大概無法分辨她是否有上妝吧。

「梓川，你可別變成那樣啊。」

「我看起來像是會對學生出手嗎？」

「不像。」

「對吧？」

「不過，學生可能會對你出手吧？」

「因為我意外受歡迎啊。」

「沒錯。所以才給你這個忠告。」

「……我說雙葉。」

「幹嘛？」

「剛才那句妳得否定才行。我是開玩笑的。」

「你意外受歡迎是事實吧？」

聽理央以平淡語氣這麼說，咲太完全無法回嘴。

「就算這樣，我已經有全宇宙最可愛的女友了，沒問題。」

「你是不是說過最近這個月都沒見到那位櫻島學姊？」

麻衣正在北海道拍電影。八到九月幾乎都是大學暑假期間，所以她利用這段時間拍兩部主演的電影。

第一部電影在八月中殺青，麻衣買了新潟縣的土產——竹葉丸子給咲太。咲太在昨晚的電話中聽她說，第二部電影要拍到這週末。

「相對地，我會收到滿滿的獎賞，放心吧。」

「我要回去上課，先走了。」

「不想聽我多曬點恩愛嗎？」

「總之，注意別閒聊啊。」

理央單方面說完就回去上自己的課。取而代之的是健人從隔壁教室探出頭。

「咲太老師，還沒好嗎？」

「山田同學，你害我被罵了。」

「啊？」

他露出真的沒聽懂的表情，而且視線察覺某事物，移向咲太後方。

「……」

健太默默注視的是剛才的女學生。她還留在自由空間。

「你認識？」

咲太隨口詢問。

「她是同班的姬路紗良。」

健人以她的全名回應。

「這樣啊。」

居然連名字都特地記得，真稀奇。

「幹嘛？」

「原來那種氣質的女生是你的菜。」

「！」

這次咲太也是有點隨便說說，健人卻明顯繃緊表情。

「並不是！」

他認真地否定。

「原來如此～」

「好了啦，咲太老師，快上課！」

「山田同學願意打起幹勁，我好開心。」

今後要是上課離題，這個把柄應該可以用。

多虧這樣，接下來的課程進行得很順利，也沒惹理央生氣。

3

上完一堂課的咲太走出補習班，時間是晚上九點左右。課程本身是八十分鐘，不過後來要將學生的理解程度寫成當日報表，等理央會合之後就是這個時間了。

咲太離開補習班，和理央並肩走向車站。

「對了。」

理央像是想起什麼般低語。

「嗯？」

「剛才，國見寄電子郵件給我。」

「寫了什麼？」

「他回報消防員的訓練順利結束。」

「對喔，訓練到今天啊……」

國見佑真從高中畢業之後，報名地方公務員的特考。志願是消防員。

他順利通過特考，不過直到昨天還是普通高中生的外行人，不可能立刻分發到接管人命的消防署。

必須先住進專用設施，進行長達半年的訓練。國見回報自己錄取的時候一起說明過。

從四月開始的半年。

今天剛好是半年後的九月最後一天。

「他說分發地點也已經確定，要我們放心。」

「哪有人會擔心國見啊。」

反正佑真都會想辦法解決妥當。

咲太的回應引得理央稍微笑了，大概想表達自己也有同感吧。

「他說這週結束立刻要到消防署值勤，所以等穩定之後再找我們喝茶。」

「到時候用他的薪水請客吧。」

「就知道你會這麼說，所以我先這麼回信了。」

聊著這個話題的時候，兩人抵達藤澤站。

理央住在小田急江之島線下一站的本鵠沼，兩人簡短說聲「再見」、「掰」道別。

入夜之後，空氣開始帶點秋意。咲太感受著這股涼爽，獨自從車站踏上歸途。

渡過一座橫跨境川的橋，沿著平緩延伸的長長坡道往上走。經過小公園旁邊再走一段路，就看見升上高中就讀時搬過來住的公寓。

確定公共玄關的住戶信箱沒東西，搭乘停在一樓的電梯，按下五樓按鍵。

咲太一度考慮過趁上大學搬家，搬到以自己打工的薪水就付得起房租的小坪數住家。以結果來說，咲太沒搬家，這是因為他有不搬家的理由。

抵達五樓，咲太走出電梯。左側邊間是咲太現在的住家。

咲太打開門鎖。

「那須野，我回來了～～」

向寵物貓咪告知返家之後，走進玄關。

在這個時間點，咲太覺得不對勁。

他發現出門時沒看到的鞋子，而且是兩雙。

「啊，咲太，你回來啦。」

踩響拖鞋現身的是麻衣。

「我回來了。也歡迎麻衣小姐回來。」

「我回來了。」

「電影不是還要拍好幾天嗎？」

「只剩下棚內的部分要拍，我就先回來了。」

其實咲太是暌違一個月再度像這樣親眼看見麻衣的笑容。

「……」

「幹嘛啦，一直盯著我看。」

「想說我的麻衣小姐愈來愈漂亮了。」

「你很開心吧？」

麻衣留下咲太，回到客廳。咲太也緊跟在她身後。

「啊，哥哥，歡迎回來。」

搭話的是躺在客廳沙發上的花楓。她抱起那須野，一邊嬉戲一邊看電視。電視正在播放猜謎節目。

和原本的播放時段有誤差，所以應該是錄影重播。螢幕上映出熟悉的臉孔，是和香與卯月。

卯月少根筋的發言引得主持人與來賓捧腹大笑。

「花楓，妳來啦。」

玄關擺著鞋子，所以咲太早就知道了。

花楓現在的生活往來於咲太所在的藤澤市與父母居住的橫濱市，感覺是一半住這裡，一半住那裡。以高中生的立場能夠這樣生活，是因為她就讀函授制高中。只要有一支智慧型手機，在任

何地方都能上課。

「我不是打電話說過明天要打工，所以會過來嗎？」

花楓看向室內電話。語音信箱的燈號確實在閃爍。

她是從今年春天開始打工，同樣在咲太任職的連鎖餐廳。在開始打工的花楓要求之下，搬家計畫中止了。相對地，花楓也從打工薪水出一點錢分擔這裡的房租。

「哥哥，差不多該買智慧型手機了啦。」

「沒想到會從妳口中聽到這種話。」

花楓先前說想要手機的時候，咲太也相當驚訝就是了……因為花楓在國中時代，被使用手機的人際關係傷得很深。

「麻衣小姐也覺得哥哥帶著手機比較好吧？」

「是沒錯，但我好像習慣了。」

「不可以被麻衣小姐的溫柔寵壞喔。」

拉攏麻衣失敗的花楓再度將矛頭朝向咲太。

「等到打工薪水有閒錢會考慮啦。」

「老是這麼說。哎，算了。」

花楓逕自接受之後，從沙發上起身，將懷裡的那須野放回地面。

「哥哥，你還沒洗澡吧？我先洗喔。」

她停下影片，走向浴室。

「什麼嘛，妳還沒洗？」

「還不是因為要等哥哥回來。」

「真是謝謝妳啊。」

盥洗間的門發出聲音緊閉。

好像是因為麻衣來了，花楓便貼心地離開，讓小倆口好好聊一聊。花楓在這方面變得像高中生了，應該說感覺有點早熟。

「咲太，晚飯吃了嗎？」

「我在聯歡會的時候吃過東西才去打工，沒問題。」

「有你喜歡的可愛女生嗎？」

咲太昨晚就打電話跟麻衣說明要參加通識課的聯歡會。麻衣沒有特別反對，反倒是積極鼓勵咲太和各種人交流。不過，她在最後警告「敢花心的話不會原諒你」……

「沒有。」

「真可惜。」

「啊，不過……」

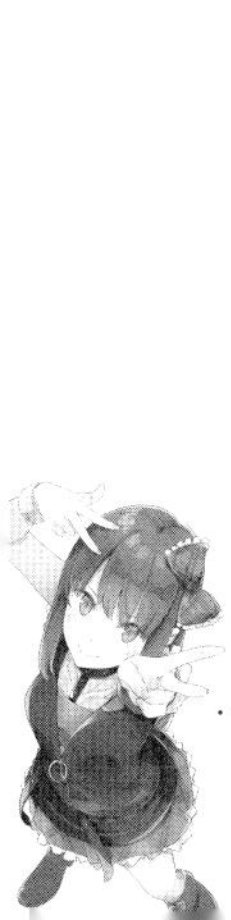

「什麼嘛，其實有嗎？」

「有。」

「是喔……」

「有個不帶手機的女大學生。」

「……那個女生該不會只有你看得見吧？」

咲太不是無法理解麻衣為何想這麼說。遇見不帶手機的大學生就是這麼稀奇的事……至少咲太就讀大學到現在第一次見到。除了他自己……

「總覺得忐忑不安了，我下週在大學確認一下。」

「這樣啊。那麼，我回去了。」

麻衣拿起放在沙發旁邊的包包。

「咦？要走了？」

「明天也要早起。週三我會去大學。」

麻衣一邊說一邊快步走到玄關。

「我送妳下樓。」

咲太過來想送麻衣，麻衣便抓住他的手臂。

「被人拍照會很麻煩，到這裡就好。最近經紀公司也很嚴格。」

麻衣這麼說，同時抓著咲太保持平衡，雙腳輪流穿上腳踝附有繫帶的包鞋。

「冰箱裡面放了伴手禮，和花楓一起吃吧。」

「我會在花楓拿走之前吃掉。」

麻衣聽完咲太的回應輕輕一笑，伸出雙手夾住他的臉頰。

「這是做什麼？」

咲太以章魚嘴問了。

「沒事。」

麻衣說完，像是覺得滑稽般笑了。

大概是很久沒見面，高興到有點定不下心吧。

所以突然想要惡作劇。

如此而已。

既然麻衣看起來開心，那就無妨。

即使沒什麼理由，只要眼前有麻衣的笑容就夠了。

麻衣雙手放開咲太的臉頰，說聲「再見」微微揮手之後離開。

咲太沉浸在麻衣開心的餘韻當中，等了一段時間才靜靜鎖上門。

4

週末過後的週一。

十月三日，從早上就滴滴答答下著雨。

這天的課從上午十點半的第二節開始。咲太慢慢起床，慢慢做好出門準備，大約九點十五分在花楓說著「哥哥，路上小心」的目送下出門。

氣溫稍微接近秋天，潮溼的空氣卻依然帶著濃烈的夏意。Ｔ恤加上露出腳踝的休閒九分褲剛剛好。

今年的夏天也遲遲沒結束。大概會在以為結束的時候突然迎來冬天吧。不知道是不是多心，感覺秋天逐年縮短了。

思考這種事的時候，咲太抵達藤澤站。是還殘留些許上班上學氣息的時段。雖然沒看見穿制服的國高中生，不過還有很多學生與上班族。

通過車站二樓的ＪＲ驗票閘口，下樓來到東海道線的月臺。等待片刻之後，三十二分開往小金井的電車進站。

在一如往常的電車，一如往常的車廂上晃了約二十分鐘。

咲太在橫濱站下車，轉搭紅色車身為象徵的京急線。搭乘的特快車是開往三崎口——輪廓像小狗的神奈川縣前腳前端。雖說是特快車，但不必特別額外付費，是以普通票就能搭乘的電車。

咲太避開人群，來到比較靠車頭的位置。

電車起步之後，咲太站在車門旁邊，看向車外的景色。剛入學的時候，即使看車外也猜不到電車行駛到哪裡，不過通學半年後也大致知道位置了。映入眼簾的是哪種建築物或設施，這種知識也自然習得。

電車行駛一段時間後，看見縣內首屈一指的高中棒球名校。只要看見這所學校，電車就即將抵達距離大學最近的車站。

到站前，咲太看向車內廣告打發時間。車頂掛著麻衣上封面的時尚雜誌橫幅廣告。「那套衣服好可愛。」「穿的人是櫻島麻衣才可愛啦。」「的確……」看似大學生的兩名女生如此討論。

「而且她本人更可愛。」

「真的，這個世界不公平。」

兩人好像親眼看過麻衣。既然是在這個時段搭這班電車，應該是和咲太同校的大學生。也就是說，她們很可能認識咲太。

朝她們看太久被發現的話很麻煩，所以咲太移開視線，轉個方向之後發現認識的人。

下一個車門的另一側……站在車門前面的是赤城郁實。單邊肩膀輕靠車門，不過背脊挺直。以雙手拿著的厚厚書本封面只印著英文字母，恐怕是內文也只有英文的外文書。她以認真的雙眼專心閱讀。

咲太國中時代的同班同學。

在大學入學當天睽違三年重逢。

不過，兩人在那天之後就不曾交談。

——你是……梓川吧？

——妳是……赤城吧？

——嗯，好久不見。

以這段對話作結。當時和香很快就前來會合，郁實說了聲「再見」就離開，之後也沒再主動搭話。咲太即使在校園看見她，也沒想過要特地上前打招呼。

國中時代的交情也沒特別好，只是三十幾名同學之一，畢業之後甚至不一定記得名字。兩人之間有著這樣的距離。

經過高中三年的空白後重逢，並沒有什麼特別的情感萌芽，也沒什麼事件從那一瞬間展開。

郁實應該也一樣。入學典禮的時候看見認識的臉孔，忍不住開口搭話，如此而已。

這半年來，說到和郁實之間的進展，頂多就是得知郁實就讀護理系。

咲太就讀的大學有醫學系，其中的護理科是以成為護理師為目標。醫學系有專用校區，不過第一年是以共同科目為主，所以別處系所的學生也會來到金澤八景校區。郁實也是其中一人。

實際上，上週的通識課聯歡會就來了兩名護理系男生與一名醫學系女生。

大概是察覺咲太的視線，郁實的頭轉向咲太這邊。記得以前會戴的眼鏡目前沒戴。即使如此，郁實的雙眼也確實捕捉到咲太。眼睛眨了兩次，表情和剛才看書時一樣。她眨第三次眼之後回到原本的姿勢，單邊肩膀靠著車門，只在一瞬間看向不知不覺雨停了的車外。

今天，咲太也沒和赤城郁實發生任何事，電車就抵達大學所在的金澤八景站。

咲太下車來到月臺，走上階梯穿過驗票閘口。改建工程結束沒多久的金澤八景站入口附近是近代化的全新面貌。

以前位於不遠處的金澤海岸線車站也移建過來，轉車變得方便許多。

要前往大學，利用通往車站西側的通道與階梯就好。又寬又好走的高架步道設置完善。

走下階梯之後，沿著電車軌道走三分鐘就抵達大學。今天有零星的學生走在這條路上。如果只算學生人數應該是高中的五倍，不過開始上課的時間各有不同，所以氣氛比高中時代的晨間車站沉穩得多。

現在是第二節有課的學生上學的時間。

咲太也加入其中，穿過正門。接著，筆直延伸的銀杏步道迎接咲太。步道直直地貫穿校區正中央。

當初咲太來考試的時候就覺得這條林蔭步道「很有大學的感覺」，很像電影或連續劇裡登場的大學景色。

一進入校園的左手邊，是入學典禮也使用過的綜合體育館。往前走是操場，現在有五六名學生沿著外圍慢跑，大概是足球社在沒課的時候自主練習吧。和高中之前相比，社團的活動時間感覺也變自由了。

隔著林蔭步道和操場相對的三層樓建築物是基本上用來上課的主校舍。乍看只是一棟方形建築，實際上是口字型，有寬敞的中庭。今天第二節課也是在這裡上。

咲太在大學腹地接近正中央……如同大學象徵般聳立的鐘樓前面右轉。

此時，他察覺一個跑步聲從後方接近。急促的腳步聲追過來之後，某人輕拍咲太的背。

「咲太，早。」

「福山，早。」

走到咲太身旁的是福山拓海。咲太就讀大學之後第一個好好交談的對象，也是第一個問「你真的和櫻島麻衣在交往？」的人。後來兩人選修的科目大多相同，自然在大學裡一起行動。

「上週五，後來怎麼樣了？」

拓海一副深感興趣的樣子把臉湊過來。

「什麼怎麼樣？」

咲太完全聽不懂他在說什麼。

「男生們懷恨在心喔，因為你外帶美東同學離開了。」

「沒做什麼事。」

「你們明明一起消失啊。」

「是因為聯歡會結束就回去了。而且我要打工，和她在車站前面就散了。」

「這就某方面來說很無趣耶。但你們發生什麼事的話也很氣人。」

他究竟希望咲太怎樣？

咲太隨便拓海怎麼說，進入主校舍。目的地是三樓。咲太一階一階走上樓。

在這段期間，拓海也說個不停，像是續攤在ＫＴＶ唱了什麼歌，誰唱歌很好聽，霧島透子的歌很受歡迎等等，將各種情報告訴咲太。

「霧島透子還在流行嗎？」

咲太聽過這個名字，如此反問。以網路為中心開始活動，好像是廣受十歲到二十五歲的年齡層支持的歌手。由於完全不露臉，她的真面目也屢屢受人猜測。目前只知道她是女性，年齡在十五歲到二十五歲之間。

「與其說還在流行，應該說正在流行，或許接下來才要流行？」

雖然不清楚是現在還是將來，不過人氣依然健在的樣子。咲太也不知道現在的點歌機會收錄網路歌手的歌曲。

「你聽，這首也是。」

拓海從旁邊遞出手機。

映在畫面上的是站在草地上的赤裸雙腳。從纖弱的感覺推測是女性。咲太這麼想的瞬間，手機傳出美麗又渾厚的清唱歌聲。

鏡頭場景一換，這次是映出她的背影，也看得見風景，可以知道她站在競技場中央。沒有任何觀眾。咲太記得這個設計，應該是橫濱國際競技場。

再來是從側邊特寫嘴邊。她唱到副歌的部分。

拍攝角度都極端靠近，無法捕捉到女性的全貌，臉蛋也只看得見嘴唇以下的部分。咲太感覺很像某人，但他還沒找到答案，歌曲就結束了。

鏡頭最後映出女性的耳際，咲太得知這是最新型無線耳機的廣告。

「這是霧島透子的曲子。」

拓海簡短地告知。

「那麼，剛才那個人是霧島透子？」

「應該不是吧。」

「啊？」

「剛才那個人是唱歌很好聽的神祕廣告美女。」

明明沒看見長相，為什麼知道是美女？不過她洋溢的氣息確實令人覺得是美女……

「記得叫作翻唱？就是這麼回事。」

「所以，剛才的廣告美女是什麼人？」

影片裡到最後都看不見她的長相，所以咲太有點在意。

「所以不就說是神祕美女了嗎？」

「來歷不明的意思嗎？」

「對。」

有夠複雜。霧島透子也是神祕的網路歌手，翻唱的廣告美女同樣來歷不明。

「啊，不過有人在傳，這個人說不定是櫻島麻衣。」

「如果是麻衣小姐，露臉的宣傳效果比較好吧……」

從童星時代就活躍於演藝圈，加上重返晨間連續劇的女主角寶座，大部分年齡層都認識她。

而且，如果剛才那個人是麻衣，即使只看得見腳邊、背影與嘴角，咲太還是一看就認得出來。

「我不是說唱歌的人。傳聞在猜霧島透子的真實身分是櫻島麻衣。」

咲太不知道這件事。

「現在好像也有不少人擁護這個說法。」

拓海看著手機這麼說了。看來他正在重新調查。

「小心腳邊啊。」

要是他因為邊走邊滑手機摔下樓，咲太晚上會睡不好。

「你在對我示好？」

咲太決定假裝沒聽到這句玩笑話。

「順便問一下，霧島透子是櫻島麻衣的說法，你覺得怎麼樣？」

「怎麼可能。」

至少咲太完全沒聽麻衣提及，何況霧島透子的事情是麻衣告訴他的。記得是經紀公司的後輩說最近流行，也播了歌給麻衣試聽那時候說的。

「不過啊，我覺得聲音有點像。」

此時，兩人抵達３０１教室門口。今天要在這裡上第二外語課，咲太選修的是西班牙文。

「晚點見。」

「嗯。」

如果是漢字應該猜得到一部分……拓海以這個理由選修中文。咲太在走廊上和他道別，獨自進入教室。

　咲太進教室，首先聽到的是響亮的笑聲——一起坐在入口附近座位的五名女生。五人都穿著介於黃色與淡卡其色的長裙，上半身也是設計風格相近的T恤，鞋子是球鞋。這樣的一致性，若說是偶像團體的服裝也能令人接受。

　不過關於服裝，咲太也沒立場說別人就是了……直到剛才一起走的拓海也是T恤、休閒褲加上黑色背包的打扮，兩人看起來完全就是雙人搭檔。順帶一提，咲太的背包是麻衣慶祝他考上大學的禮物。

　咲太經過熱絡聊天的女生群旁邊，坐在正中央靠走廊的位子。三人桌排成三排的教室。和高中教室相比，寬度幾乎一樣，長度比較長，因此感覺上給人的印象不是寬敞，而是深長。

　咲太從包包取出西班牙文課本，還有今天補習班打工要用的數學講義。打開的是講義。自己先寫一次練習題，為晚上的課程做準備。

　咲太在筆記本上寫著算式。

「方便讓我坐這裡嗎？」

　此時，旁邊傳來這個聲音。

　咲太抬頭一看，是一張熟悉的臉蛋。

上週五在通識課聯歡會認識的美東美織。綁在後腦杓上緣鬆鬆的半丸子頭今天也很顯眼。

「不太方便。」

進教室之前才被朋友懷疑將她外帶回家。男生們好像懷恨在心，要是繼續遭人無謂地找碴可不是鬧著玩的。

「不過，我還是要坐。」

美織這麼說的時候，已經按著長裙坐下。

「還有其他空位喔。」

「因為我剛才看了一下，只認識你一個人。」

「和朋友選一樣的科目不就好了？」

第二外語除了西班牙文與中文，還有德文、法文、義大利文等各種選擇。上週第一次上課做介紹時，她應該就知道沒有朋友選西班牙文。

「唉……」

聽完咲太這句話，美織故意嘆了口氣。

「……」

咲太總之裝作沒聽到，繼續在筆記本上計算答案。

「唉……」

接著，他再度聽到一聲長長的嘆息。

「對不起。我很煩吧？」

「沒有煩到需要道歉的程度，不用在意。」

咲太逐步解開方程式。

「換句話說，你的意思是我很煩吧？」

「發生了什麼討厭的事情嗎？」

咲太滿不在乎地這麼問。

「你要聽我說？」

「妳希望我聽吧？」

「暑假期間，真奈美她們去了海邊。」

「然後？」

「她們沒邀我去。」

美織噘起嘴，表情看起來相當不滿。她忿恨地看著掛在食指上的在地吉祥物鑰匙圈。咲太和這個吉祥物四目相對。大概是去海邊玩的朋友們送她的伴手禮。

「居然選了散步妹，妳朋友眼光真好。」

「你知道啊？」

「只要在藤澤住三年都知道。」

正確的名稱是江之島散步妹。做活動宣傳藤澤市的魅力，官方宣稱非官方的在地吉祥物。

「話說，她們沒邀妳去海邊，我想應該是因為妳沒手機。」

咲太說出中肯的推論，美織隨即斜眼瞪過來。

「是向妳炫耀『我們在海邊被帥哥搭訕！』這樣嗎？」

「她們什麼都沒說，所以應該沒被搭訕。」

美織回復為平靜的表情，將掛在手指上的鑰匙圈固定在筆袋拉鍊上。

「妳現在是『明明帶我去就會有人來搭訕』的表情喔。」

「我沒露出那種表情。只是內心想想而已。」

美織托腮鬧彆扭。

「妳的個性還真讚啊。」

咲太忍不住稍微笑了出來。

「唉～～朋友是什麼呢……」

「……」

「啊，你現在是『這傢伙不太妙』的表情。」

美織就這麼托著腮，以餘光看向咲太。

「這是『這傢伙不太妙又麻煩』的表情。」

「你的個性還真讚耶。」

「還好啦。」

咲太的謙虛使得美織傻眼似的笑了。接著她嘆了第三次氣。這次感覺不是故意的，是自然脫口而出。

「她們說下次要為我辦一場聯誼當賠禮。」

「那太好了。」

「……」

美織的雙眼再度累積了不滿。

「如果有意見，就跟她們說：『妳們只是想利用我找帥哥聯誼吧？』這樣如何？」

咲太認為只要有美織，參加的男生水準一定會提高。上週的聯歡會就證明了這一點。

「梓川同學，你把我當成什麼人了？」

「當成唯一受男生歡迎，所以沒被朋友邀去海邊玩的可愛女生。」

咲太一邊解題一邊直接說出想法。

「你性格很惡劣耶。」

雖然嘴裡對咲太抱怨，但美織的態度半承認了咲太的說法。她也自覺朋友沒邀她的原因。類

似的事至今大概發生過幾次，說不定發生過許多次。她充滿著已經厭倦這種處境的氣息。

「不願意的話，聯誼也別去不就好了？」

咲太這麼說的時候，一道充滿活力的聲音插嘴。

「聯誼？我也想去看看！」

不只是聲音，一個女生從後方探出身子，介入咲太與美織之間……

是咲太認識的人，讀大學之前就認識了。

廣川卯月。

「偶像不可以去聯誼吧？」

「呃盎唔～～」

她大概在說「這樣啊」。她發音不清不楚，是因為含著珍珠奶茶的吸管。

說到卯月為什麼在這裡，當然是因為她也是這所大學的學生，和咲太一樣就讀統計科學系。

好像是被早早宣布要考大學的和香感化，自己也想上大學看看。

咲太沒聽說卯月報考，所以入學典禮結束後看到卯月突然跟和香一起出現，著實嚇了一跳。

咲太看著這樣的卯月。

「大哥也要喝嗎？」

她不知道誤會了什麼，將珍奶吸管朝向咲太。

「免了。」

和現役偶像間接接吻應該不太好。

「我現在很迷珍奶耶。」

「我喝的話，杯底會剩下滿滿的珍珠。」

「明明很好吃耶。」

「肯定是我沒天分吧。」

「那就沒辦法了。」

只有最後一句話奇蹟似的對上了。雖然只是表面上……

卯月再度以吸管吸珍珠。她散發甜蜜香氣，嘴巴嚼啊嚼的，來回看向咲太與美織。

「大哥的新女友嗎？」

還以為她要說什麼，居然問這個奇怪的問題。

「不是。」

「明明很可愛耶。」

「她是……」

咲太開口卻說不出話，因為沒能立刻想到如何簡單形容自己和美織的關係。兩人上週五剛認識，彼此都還不熟。

「我是朋友候補，美東美織。」

代替咲太如此回答的是美織本人。

「我是大哥的朋友廣川卯月！」

卯月伸出手，充滿活力地與美織握手。手劇烈地上下搖動，美織連腦袋都在晃。

「為什麼是大哥？」

結束激烈的招呼之後，美織這麼問。

「因為是花楓的大哥，所以是大哥。」

回答的是卯月。

以卯月的狀況，人際關係好像是以花楓為基準，所以自從認識咲太就這麼稱呼他。

「梓川同學，原來你有妹妹啊。所以，妹妹和廣川同學是好朋友？」

「妳理解這麼快就省事多了。不過與其說是好朋友，應該說是粉絲。」

咲太向美織說明的時候，卯月跑到教室前方。

「大家早安～～！」

像在舞台上和粉絲打招呼般活力四射。聚集在前方座位的一群女生各自回應：「早安。」

五人組加上卯月變成六人組。只不過，大概是因為五人的服裝過於統一，以凸顯腿部線條的窄管褲加上長版開襟羊毛衫巧妙搭配自己身材的卯月怎麼看都是唯一格格不入的人。咲太腦中瞬

間閃過「醜小鴨」三個字，不過是已經變成天鵝的狀態就是了……

「我說梓川同學……」

美織一副想抱怨的語氣。

「什麼事？」

「你認識好多可愛的女生耶。」

「也包括妳喔，美東。」

「我又不是這個意思，你個性真的很惡劣。」

她再度噘起嘴。

接著「嗯？」地將疑問寫在臉上。

「你剛才叫我『美東』？」

「因為妳變成朋友候補，我想試著拉近距離。」

數學例題終於解完了，再來只要讓兩名學生理解就好。

「『梓川（Azusagawa）』唸起來好長。」

「所以呢？」

「梓（Azusa）？」

「聽起來好像特快車。」

「佐川（Sagawa）？」

「聽起來好像快遞。」

「叫『咲太』像在裝熟，叫你梓川同學好了。」

兜了一圈回到原點的這時候，西班牙文老師進入教室。

5

「今天上到這裡。」

課程從早上第二節的十點半開始，按照時間在九十分鐘後的十二點整結束。

「Hasta la próxima semana！」

西班牙文老師佩德洛說了「下週見」，離開教室。

「Hasta luego！」

開朗地說著「再見」送老師離開的是卯月，還精神奕奕地揮手。

佩德洛以笑容回應。

開朗的西班牙人也很欣賞卯月的活力。

佩德洛前腳剛走出去，拓海後腳就走進教室。

「梓川，要吃什麼？」

拓海一看見梓川就這麼問，但視線在途中移向旁邊。現在的拓海應該在看正將課本收進托特包的美織。

「Chao。」

美織以西班牙文親切地說「再見」，稍微舉手示意後起身，經過拓海身旁消失在走廊上。

「梓川同學，這是怎麼回事？」

拓海一走過來就將雙手撐在桌面。

「你今天早上說過沒做什麼事吧？」

「她剛才升級成朋友候補了。」

「也讓我加入啦～～」

「這你去問美東吧。」

「居然已經直接這樣叫了？攻陷櫻島麻衣的男人，本領果然與眾不同……」

他的視線朝向遠方。

兩人如此交談時，教室前方也開始討論午餐。

是包括卯月的那群女生。

「要去學校餐廳嗎？」

「我想吃橫一丼！」

首先反應的是卯月。那是這所大學的著名蓋飯，甜鹹雞絞肉加溫泉蛋的下飯好味道。

咲太聽完也想吃了。

「那就去學校餐廳吧。」

不過，卯月立刻「啊！」地想起某件事。

「我忘了今天要拍照，得先走了。對不起。」

她合起雙手向大家道歉。

「是上次那本時尚雜誌嗎？」

「那一期很可愛對吧？」

「下次出了一定買。」

「必買必買。」

「拍照加油喔。」

周圍的女生輪流以充滿活力的語氣對卯月說。

「Hasta mañana！」

卯月像在回應她們的活力，說著「明天見」揮揮手，精神奕奕地跑出教室。

接著，女生們的對話暫時中斷。才剛這麼想……

「要吃什麼？」

「要去合作社嗎？」

「我昨天吃太多，今天本來只想吃三明治。好險。」

「我懂。我也是。」

「那就走吧。」

她們輕聲笑著走出教室，亢奮度和剛才截然不同。

沒有任何人留戀卯月的話題。

等到她們的身影完全消失在走廊上——

「總覺得，女生真恐怖……」

拓海輕聲說了。

「人都是那樣吧？」

當事人在場的時候表現得和樂融融，所以相較於國中或高中，人際往來應該比較從容。在「班級」存在的那時候，大家習慣更徹底劃分界線，喜歡與討厭的界線清楚得多。

大學裡存在著適度就好的鬆散關係，人際關係也以此成立。

「梓川，感覺你也很恐怖耶。」

「學校餐廳快沒位子坐了喔。」

從鐘樓沿著林蔭步道直走到底左轉就看得見學校餐廳。會議廳與合作社也在這棟建築物，學校餐廳在一樓。

在午餐尖峰時間的現在，四百個座位幾乎坐滿，找空位都得費一番工夫。

男生三人組用完餐離開，兩人取而代之到這桌，然後拓海也用托盤將咲太的餐點端過來。

兩人都點了橫一丼。

普通分量只要三百圓，經濟又實惠。學校餐廳的菜色整體來說很便宜，蕎麥麵與烏龍麵甚至百圓銅板價就吃得到。學校餐廳是飢餓學生的好夥伴。

偶爾會看見不像大學相關人員的全家福或大媽集團，不過校外人士也可以利用這個設施，所以不成問題。最近各大學廣為嘗試對外開放，藉以順便和當地交流，因此也有許多大學將學校餐廳打造得像是時尚咖啡廳，偶爾可以看見電視的專題報導。

咲太與拓海的飯碗大約五分鐘後見底。兩人以免費提供的茶潤喉。

「梓川，可以介紹女生給我嗎？」

此時，拓海像口頭禪般這麼說。

「在聯歡會上交換聯絡方式的女生呢？」

「都沒回應。」

「請節哀。」

「就算是豐濱也好啦。」

「你講『也好』這種話會惹豐濱生氣喔。她沸點很低。」

咲太再喝一口茶。此時，他看見餐廳入口有個閃亮的物體。說人人到。

大學裡也能看見別的金髮學生，但這個人無疑擁有保養得最用心的美麗金髮。在校園裡，她把引以為傲的金髮尾端束起，垂在肩頭前方。

和香環視餐廳內部，好像在找人。

視線很快和咲太對上。才這麼想，她就跨步走來。看來她找的人是咲太。

「終於找到了。」

語氣聽起來像是咲太的錯。

「有什麼事嗎？」

和香的視線看向跟咲太一起的拓海。

「咲太借我用一下喔。」

「請自便。」

拓海很乾脆地交出咲太。

和香沒問咲太的意願，一個轉身就俐落地走向出口。沒跟著走會被碎碎唸，所以咲太將用完的餐具放到回收區，追在和香的身後離開。

來到戶外的咲太與和香隨意地走，來到研究大樓旁邊的長椅坐下。舞蹈社在不遠處以校舍窗戶玻璃當鏡子練習舞步。

和香只看著他們練舞，好一陣子沒說話。

「所以？」

咲太不得已只好主動簡短地發問。

「……今天，你和卯月見面了？」

「對啊，我們一起上西班牙文課。」

和香也早就知道，才會來找咲太吧。

「她說了什麼嗎？」

「妳是指什麼？」

「……」

「都特地找我出來了，別賣關子快點說吧。」

「她看起來怎麼樣？」

即使咲太出言調侃，和香表情也沒變，就這麼一直看著舞蹈社練習。
「沒怎樣，一如往常吧？」
至少咲太沒覺得哪裡不對勁。
突然加入咲太與美織的對話，推薦咲太喝珍奶，後來精神奕奕地和那群女生會合，比任何人都積極使用剛學會的西班牙文……而且她離開之後，那群女生也不再提她的話題。這一切都是一如往常的卯月。
「她沒說我什麼嗎？」
「沒有。」
「甜蜜子彈的事呢？」
「完全沒說。」
「這樣啊……」
咲太完全猜不透。
「這是在講什麼話題？」
咲太問完，和香終於看向他。眼神看起來像在生氣，也像感到為難。
「昨天，發生了一些事……」
「一些事？」

「該說是吵架嗎……」

「吵架……？」

咲太覺得這個詞搭不上邊是基於兩個理由。第一個理由是他無法確實想像和香與卯月吵架的模樣。

第二個理由是卯月今天的態度。真的很普通，一如往常。和愁容滿面的和香呈對比，不禁覺得是不是哪裡搞錯了。

「吵架的原因是？」

「……我們已經有兩名成員畢業，這你也知道吧？」

「嗯。」

和香說的成員，是和香與卯月所屬偶像團體「甜蜜子彈」的成員。

大約半年前，七人中的兩人退團，現在是五人進行偶像活動。

「從那個時候開始，經紀公司跟我們都會討論今後的事……」

「像是『要繼續還是解散』這種討論嗎？」

「……」

和香沒肯定也沒否定。不發一語是和香對現狀的抵抗，也是對咲太的回答。

「三年內唱進武道館……這曾經是我們的目標。」

之所以使用過去式，是因為出道至今已經過了這麼久，現在是重新考慮將來的節骨眼。和香應該是這個意思。

「不過，妳們的粉絲增加，工作也增加了吧？」

夏天會參加音樂節，也巡迴各大都市舉辦單獨演唱會。在東京會場舉辦時，花楓邀好友鹿野琴美去捧場。兩千人規模的會場全場沸騰，花楓一回家就激動地說：「看得好開心，超棒的。」對咲太述說感想。

說到成員各自的工作，卯月在猜謎節目展現存在感，逛街型外景節目的電視通告也逐漸增加。她的強項在於能以出乎意料的言行在各種地方逗人發笑。

和香經常以類似監護人的角色跟她一起上節目，以一反外表的優等生舉止廣為眾人所知。其他成員也在寫真領域活躍；在連續劇當中客串；或是在運動型綜藝節目努力表現，五人各自拓展大展身手的舞台。

話雖如此，卻依然是只有內行人知道的團體。

「所以，包括這方面在內，討論到甜蜜子彈今後該怎麼做。尤其卯月的通告很多……行程逐漸沒辦法配合大家，經紀公司好像也有各方面的考量。」

「怎樣的考量？」

「……像是讓卯月單飛出道。」

和香輕聲說。那是抑制情感的聲音。和香故作平常，正常地說出這句話。

「昨天，經紀公司的聯合演唱會結束之後，我聽到總經紀人和某人談到這件事。」

終於看到疑似吵架的導火線了。

「先不提經紀公司，廣川她知道這件事嗎？」

「大概不知道。」

我想也是。要是她知道，問題的角度應該會大幅改變。

「豐濱，妳想怎麼做？」

「我……現在還是想和大家以甜蜜子彈的身分站上武道館。」

和香這麼說，再度將視線投向練舞的女生。

「不過，我也希望成員的努力得到回報。畢竟卯月比任何人都努力……她真的擁有讓大家展露笑容的能力。」

「原來如此。妳委婉地向廣川這麼說就算了，但她完全沒理解……所以妳愈講愈激動，有點像是在亂發脾氣，把氣氛搞得像在吵架嗎？」

一反花俏的外型，和香個性認真又正經。擔心卯月的心情徒勞無功，多嘴說出了不該說的話。咲太可以想像那幅光景。

「……就是這種感覺。」

既然是這種隱情，也可以理解和香為何會用「吵架」這個詞。只是即使如此，這或許也是她單方面的心情吧。畢竟卯月今天一副若無其事的樣子，如果她不知道單飛出道的事，論點就不會有交集。

「其他成員的想法也一樣……所以變得像是四人一起責備她是吧。」

和香感到內疚，和卯月見面會尷尬，所以找咲太當中間人。

「什麼嘛，是這種事啊。」

「啥？」

大概是對咲太有氣無力的反應感到不滿，和香嚴肅地瞪向他。

「我可是很正經地在煩惱這個問題喔。」

「有這種奢侈的煩惱不是很好嗎？」

「……」

「總歸來說，妳在抱怨工作變多，沒能和往常一樣吧？要是對麻衣小姐說這種事，她會揍妳喔。」

「唔，這……」

咲太滿腦子只有不祥的預感，不知為何覺得在這種狀況下會是自己被揍。千萬不能在麻衣面前提到這件事。

「……」

看來和香雖然把咲太這番話聽進去，卻還沒完全接受。

「如果妳真的很在意廣川，就再和她好好談一次吧。不要偷偷摸摸找我這種局外人打聽她的狀況。」

「你很煩耶！這種事我知道啦！」

大概是終究感到不耐煩了，和香任憑情感驅使站了起來。

「找你商量的我是笨蛋。謝謝你啊！」

這是在生氣嗎？還是在感謝？情緒亂成一團的和香以氣沖沖的腳步離開了。

在不遠處練舞的女生露出「發生什麼事？」的表情看向這裡，視線和咲太對上就慌忙移開。

「我可不想變得更出名啊。」

感覺和香變成大學生之後穩重了些，卻也覺得她在咲太面前完全沒變。

「哎，隨便啦……」

咲太站起來伸個懶腰。

早晨下雨的天空完全放晴了。

剛才聽到的那件事也像天氣。情緒會放晴，會多雲，也會下雨，所以和香與卯月的事丟著別管也沒問題。只是今天的天氣湊巧不好罷了。

那兩人和普通的朋友不同，她們屬於同一個偶像團體，擁有相同的目標……只有一起努力才會誕生的信賴與羈絆將她們連結起來。

雖然不是朋友，卻可以相互依靠。

雖然不是摯友，卻可以相互扶持。

不只如此，咲太知道她們更是彼此的強力戰友。

只不過是周圍環境稍微改變了，她們的關係如今不會被這種小事撼動。

這時候的咲太由衷這麼認為。

只不過是瑣碎的問題。

他自以為沒那麼嚴重。

然而，事態將朝著出乎意料的方向演變。

異狀在第二天發生。

一如往常的大學景色當中出現了確切的變化。

第二章

氣氛是什麼味道？

1

隔天十月四日，咲太一如往常迎接早晨到來。

首先被那須野踩臉而清醒，在要求早餐的「喵～～」叫聲催促下來到客廳。倒乾糧到貓碗裡後，在餐桌上準備兩人份的早餐，順便做要帶到大學的便當。能省就省是最好的。

咲太先獨自吃完早餐。

「花楓，天亮了。」

然後走到掛著「花楓」牌子的門前叫她。

「……」

雖然沒回應，但咲太不會開門。

最近妹妹好像迎來多愁善感的年紀，要是擅自打開房門，她會生氣抱怨。

所以咲太就這麼按兵不動。

大約一分鐘後，花楓走出房間。

「……哥哥早。」

不過，她眼睛還閉著。

「至少要洗碗盤喔。」

「好～～慢走。」

咲太在花楓打著呵欠目送之下出門。

天氣大致都是晴天。

像拉長的棉花糖的雲朵另一頭，感覺得到藍天。今天空氣乾燥，是秋天會有的膚觸。走在如此清新的天空下前往藤澤站，在車站搭ＪＲ東海道線到橫濱站，轉搭京急線約二十分鐘，抵達大學所在的金澤八景站。從家裡到大學差不多一個小時整。

走出車站的驗票閘口，學生三兩成群往學校移動。

有學生發現朋友前去打招呼，和手機另一頭的朋友聊天或傳訊息的學生也很多，還有學生是聽著音樂默默前進。至於咲太……是打著呵欠，睡眼惺忪地往前走的學生之一。

日復一日，平凡無奇的光景。

穿過正門，映入眼簾的學生變多，周圍的氣氛頓時出現活力。這也是一如往常的光景。

和昨天沒兩樣的大學風景。

學生們的樣子。

有人覺得一成不變的校園生活很乏味。在校園裡經常聽到有人說，原本以為進大學會獲得更

多采多姿的快樂體驗。

不過以咲太的立場，他對乏味沒有任何不滿。

風平浪靜是最好的。

真的是世間一切平和如舊。

看著熟悉的大學，咲太一邊思考這種事，一邊走進第二節開始上課的主校舍。

咲太上樓前往２０１教室。接下來要在這裡進行必修科目線性代數課程，咲太來上這門課。

座位已經坐了三分之一左右。所有人都是同系學生，幾乎都是一年級。上週做課程介紹時，咲太得知其中只有四五名去年被當的二年級學生，因為教授提到「大二同學這次別被當掉」……

咲太在教室中央區域發現熟悉的背影。

是拓海。

咲太走到旁邊，發現他的拓海說聲「嗨」舉起手，很自然地往旁邊移一個位子。

「我先幫你暖好椅子了。」

咲太不想一大早就感受男人屁股的體溫，所以回應了「嗨」之後坐在前方的空位。

「難道你討厭我？」

「椅子就是要冰的。」

「啤酒也是。」

咲太聊著沒營養的對話，拿出上課要用的線性代數課本與筆記本。課本印著負責這門課的教授名字。其他科目也是，大學使用的講義大多是教授寫的書，部分版稅會支付給教授，令人覺得世間機制運作得真好。

不經意看向時鐘，指針指向十點二十五分。第二節課在五分鐘後開始。

被高亢的笑聲引得往教室前方一看，是今天也都穿類似服裝的那群女生。她們在玩智慧型手機的應用程式，好像是拍短片互相分享。卯月的身影也在其中。

後方隔兩列的座位有一個專心看書的男生。看他不時笑咪咪的，應該不是在看艱深的書。

他旁邊是趴在桌上睡覺的學生。還沒上課就在睡覺，膽子挺大的。

其他人大多是在玩手機或和朋友聊天。

無論往哪裡看，都是常見的上課前的光景，沒有任何奇怪的地方。即使如此，咲太還是覺得映入眼簾的景色不對勁。

這是從一名女生感覺到的，現在也感覺得到……

最初看見的女生六人組之一，和周圍女生穿著同款裙子與女用襯衫的卯月。

對朋友的玩笑話吐槽發笑，反過來搞笑被人吐槽。卯月和大家在相同的時間點發笑。

這只不過是常見的女生群體生活片段，肯定是去每一所大學都看得見的互動，沒什麼好奇怪

的。所以即使被莫名的感覺囚禁，咲太自己也沒能立刻摸清這份突兀感的真面目。明明不知道，卻直覺某個地方怪怪的。

咲太當成在玩高難度的大家來找碴，觀察卯月沒多久，察覺視線的卯月和他四目相對。

一般來說，這時會是她精神奕奕地揮手大聲說「大哥早安～～！」的情景，會引人注目到連咲太都覺得不好意思……

但是卯月今天的行動不一樣。她看著咲太，像是想起什麼般半張著嘴，然後對朋友說「我離開一下」後起身。

她筆直走到咲太前面，只在瞬間表現出在意周圍的樣子，然後稍微彎腰向前。

「和香說了什麼嗎？」

她以只有咲太聽得到的音量低語。

「妳是指什麼事？」

咲太反問，想確認她這麼問的意圖。

「什麼事就是什麼事。」

得到的回應是只有押韻的無意義話語。

「這是怎樣？」

咲太不得要領的回應使得卯月癟嘴。不過以咲太的立場，他不知道卯月想知道什麼，所以難免沒有著力點。

「妳昨天和豐濱怎麼了嗎？」

咲太聽和香說過，她上週擺出一副像是要找卯月吵架的態度。若說兩人怎麼了，應該是這件事吧。

不過，這件事在咲太內心已經結案。因為昨天來找他商量的和香說要再跟卯月談談……所以咲太繼續在意也無濟於事。

「昨天我離開大學之後一直在拍雜誌的照片，沒見到和香。」

「也沒聯絡？」

「昨天沒聯絡。」

這種說法令人在意。她特別提到「昨天」，聽起來像是今天聯絡過。而且咲太這份多慮是正確的。

「她剛才傳訊問我今天會不會來大學。」

因為卯月接著這麼說。

「所以呢？」

「她刻意這麼問，不覺得是要找我談什麼事嗎？」

「應該也有人不這麼覺得吧？」

至少昨天之前的卯月應該就不會這麼覺得。感覺她還沒追究就會先回訊問「和香，怎麼了！」這種問題。如果狀況允許打電話，或許會當場打給和香。應該說一定會打。

想到這裡就覺得今天的卯月果然哪裡怪怪的。

「我才要問，妳昨天發生了什麼事嗎？」

「你是指什麼事？」

「什麼事就是什麼事。」

「你學我～」

卯月說完，像要緩和氣氛般笑了。這也讓咲太感到突兀。卯月臉上掛著客套的笑容，咲太沒看過這種笑容，至少直到今天這一瞬間都沒看過……

而且，當她聽到「發生了什麼事？」這種問題並不會察覺咲太這麼問的意圖，而是會聊起「拍照的時候摔到屁股了～」這種昨天的生活點滴。咲太認識的廣川卯月是這樣的人。

這份突兀感究竟是什麼？

咲太試著看透其真面目。

「我今天狀況很好對吧？」

卯月說完又笑了。

不經意從咲太身上移開的視線，投向剛才一起聊天的那群女生。

「感覺完全對到大家的波長了。」

無須重新比對也知道，卯月和那群女生穿著類似的服裝。

「好像是。」

或許偶爾也有這樣的日子。

只不過，卯月自己好像也覺得和以往不同。因為她覺得今天狀況很好，跟大家的波長很合。

思考到這裡的時候……

「大家坐好。」

教授輕聲說著走進教室。

學生們重新轉向正前方。卯月也回到朋友們等待的前方座位。

「福山，我問你。」

咲太看著就座的卯月背影，向斜後方開口。

「嗯？」

「今天的廣川同學，你覺得怎麼樣？」

「我覺得很可愛喔。」

「還有呢？」

「我覺得很可愛。」

拓海回以一如往常的話語。

「感謝你提供寶貴的意見。」

「不用客氣。」

環視周圍，除了咲太以外，沒有學生在意卯月。看來只有咲太感到不對勁。

既然這樣，或許是咲太多心了。

今天偶然和大家穿相同的服裝，和大家的笑點一致。和香傳來的訊息，她也只是湊巧有點在意。

因為無論如何，今天的狀況很好。

所以這一切都是咲太想太多了。

但願真的是自己想太多。咲太如此心想，打開線性代數的課本。

2

再怎麼微不足道的事情，一旦在意就會留在心上，所以在上線性代數課的時候，咲太也自然注意到卯月的行動隱約和往常不同。

直到昨天的卯月都會專心聽教授上課。如果哪裡聽不懂，她會不惜打斷講解也要舉手發問。即使周圍朋友講悄悄話或是用手機傳簡訊聊天，卯月只要進入狀況就不會分心。這是她至今為止的常態。

但卯月今天定不下心，又是左右搖晃身體，又是和身旁的朋友嬉鬧……即使會注意聽教授上課，也沒有開口說「這裡我聽不懂！」這種話。

上完課時也沒有說著「老師，下週見～～！」精神奕奕地揮手。

卯月和教室裡其他學生一樣迅速收拾課本，如今正和那群女生討論中午要吃什麼。在那個小圈圈裡，也不會只有卯月的聲音聽起來特別明顯。某人提議「去學校餐廳吧」的時候，她只以平靜的心情回應「嗯，走吧」……這使得咲太內心對卯月的突兀感確實成形。

只不過，依然只有咲太注意到卯月的變化。

和卯月在一起的女生完全是以一如往常的表情和卯月對話，說著「今天放學去橫濱逛逛吧」這種話。表現的模樣過於自然，至少在咲太眼中，女生們看起來不像是裝出來的。

反過來看，女大學生現在這種對話是毫不突兀的互動。以往只有卯月獨自亢奮不已的那種光景，若要說不自然或許是不自然吧。

「梓川，今天中午要吃什麼？」

咲太想著這種事情時，斜後方座位的拓海打斷他的思緒。

拓海上半身彎向前，甚至探到前方座位。

「我做了便當。」

「我的份呢？」

「有的話才恐怖吧？」

「說得也是。我會全身發毛。」

拓海說著站了起來。

「我去合作社一趟。」

他單方面這麼說完，準備從後門離開教室。大概在說他會回來，要咲太等他吧。

金髮女生在拓海離開後走進教室。

是和香。

她只在瞬間看向咲太，但是立刻重新面向準備從另一扇門離開的卯月背影。

「卯月。」

這個聲音使卯月身體一顫。接著她說「抱歉，妳們先去餐廳」，送五個朋友到走廊。

剛才一起上課的其他學生也外出吃午餐，教室只剩將便當盒放在桌上的咲太以及兩名偶像。

「……」

「……」

教室的前方與後方。保持這段距離的卯月與和香之間有一股莫名的緊張感。

「好啦，我去買個飲料吧。」

咲太察覺氣氛不對，想要暫時離開，卻被和香的行動阻止了。

「我還沒喝，這瓶給你。」

和香來到咲太所在的教室中央，將一瓶飲料放在便當盒旁邊。是麻衣不久之前拍電視廣告的桃子汽水。

既然她示意可以在場，咲太也就這麼做了……

「那個……和香妳找我是為了上次的事吧？」

先開口的是卯月。

「……上次是哪次？」

聽她突然這麼說，和香皺眉詢問。

「當然是星期日那次。」

卯月一副「那還用說嗎！」的語氣。

「……？」

所以和香當然不知道該如何反應。她應該沒想到卯月居然會主動提起那件事，因為她以為團體成員的焦慮、煩躁、不安與擔心都沒讓卯月感受到……至少和香昨天是這麼對咲太說的。

「真的對不起！」

無視於和香的困惑，卯月「啪」地合起雙手，膜拜似的道歉。

「我完全沒理解大家的心情，妳會生氣也是當然的。」

「……卯月？」

「現在我們各自的工作增加，一起活動的次數減少了。我也不想這樣，所以得好好和成員談一談才對。」

「是沒錯……但我也要道歉。我覺得我說得太重了。」

「沒那回事。畢竟我是聽妳說才知道的。」

「嗯……」

「是啦，個人的工作自然也很重要喔。我想也有很多人是藉此才認識甜蜜子彈。」

「我也這麼認為。」

「不過，我們要是因為這樣各自散開，那就沒意義了。」

「嗯……」

「所以也找八重、蘭子、螢一起討論吧。今天的舞蹈課，大家會久違地聚在一起對吧？」

「預定是這樣沒錯……」

我到底正在和誰說話？

和香或許在思考這種事。

因為直到最後，和香都詫異地看著講話條理分明的卯月……

「和香？我講了什麼奇怪的話嗎？」

卯月大概從反應遲鈍的和香察覺到某些端倪。這正是卯月這份突兀感的本質。她正配合對方推動話題。

「不，我想說的就是這件事……」

和香魂不守舍似的回應。

「太好了～」

「嗯……」

和香從剛才就一直給人心不在焉的感覺。

「和香？」

卯月這次也察覺到了，她露出疑惑的表情。

「沒事……今天好像只有八重會因為攝影遲到，不過大家一起談談吧。我來聯絡她們。」

「嗯！拜託了。啊，我讓朋友在餐廳等，先走了喔。」

卯月微微揮手之後，拿著包包走出教室。快步行走的背影很快就看不見了。

「……」

「……」

留在教室的是如同被擺了一道般無從處理的情感。究竟是疑問？還是驚訝？說起來，這是真實發生的事嗎……連這一點都不清楚，所以不覺得舒坦，只留下煩悶的心情。

大概是沒能將腦袋整理好，和香定睛凝視卯月消失的門後。她看起來像是會就此停止動作，所以咲太向她搭話。

「真是太好了。」

「……」

和香默默將視線移過來，臉上滿是疑問。

「我說這樣真是太好了。」

「什麼事太好了？」

「妳們和好了。」

「……嗯，哎，是啦。」

和香雖然同意，表情看起來卻無精打采，被無法釋懷的心情填滿。

「話說，剛才是怎樣？」

和香直接說出內心的想法。咲太若要將想法化成言語，大概也和她差不多吧。假設站在一樣的立場，咲太應該會說「那是怎樣」。

「咲太，你對卯月說了什麼？」
和香雙眼染上懷疑的神色。
「什麼都沒說。」
「真的？」
「真的。」
「那麼，明明星期日完全沒能讓她知道想法，為什麼到了今天就變成這樣？」
「妳不知道的事，我怎麼可能知道？」
「啊？」
「廣川的事應該是妳比較懂吧？」
因為不只是認識得早，還以同團成員的身分緊密地共度至今。
「那當然吧！」
和香一臉不悅地接受咲太的說法。就算這麼說，她對卯月的疑問與突兀感也沒消失。
「剛才真的是卯月？」
她稍做思考之後以正經的表情問了。
「如果不是卯月，會是誰？」
「她剛才講話會注意我的臉色。」

這句話隱含「這不是卯月」的強烈想法。

「是啊。」

「因為，這樣的話……」

和香像是被什麼東西噎住，話只講到一半。應該是在一瞬間猶豫是否要說出口。

「卯月不就變得會看氣氛了？」

因為接下來要說的是這句話。

「是啊。」

真的如她所說。

卯月和平常哪裡不一樣？

簡直正如和香所說。

看氣氛。

那個卯月居然會看氣氛……

這就是突兀感的真面目。

「難道說，和我跟姊姊那時候一樣……」

和香以眼神訴說。

「妳的意思是卯月和某人對調了？」

「嗯。」

「如果是這樣，她也太熟悉甜蜜子彈的隱情了吧？」

兩人剛才講的內容應該是只有相關人士知道的情報。

「是沒錯啦……」

「假設是某種思春期症候群，現在這樣會造成什麼問題嗎？」

「這……」

和香接下來大概想說：「當然有問題！」卻在說之前察覺了。

順利跟卯月和好。

當時和香情緒化的理由，卯月也理解了。

目前完全不會感到困擾。

反倒只有好處，沒有壞處吧？

但是和香困惑了。

而且卯月今天對咲太說「今天狀況很好」露出笑容，還說「對到大家的波長」而感到開心。

不只是和香，咲太也對卯月突然的變化感到困惑。

「那麼，這樣就好嗎……？」

和香沒什麼自信地如此確認。

「反正明天說不定就復原了。」

咲太頂多只能以擱置作為回應。

3

先說結論，咲太小小的期待沒有成真，卯月隔天也正確地觀察氣氛。

咲太早上六點做好準備，在第一節課前往大學一看，卯月毫不突兀地融入同系的女生團體。

穿著和大家相似的服裝，聊著和大家相同的話題，和大家在相同的時間點發出笑聲。

不過，這對咲太來說是突兀感……

昨天深夜，上完舞蹈課返家的和香特地打電話到咲太家，回報：「剛才跟卯月一起和所有成員好好談過了。」

甜蜜子彈的活動當然重要。

個人的活動也要努力。

因為確實做好手邊的工作，是讓這個團體廣為人知的唯一方法。

一起討論之後，五人重新變得更加團結。這麼說的和香語氣從頭到尾都很開朗。之前她和卯月有點各說各話，某些價值觀沒達成共識。現在的卯月可以理解這一點。

說來頭痛，狀況一直朝好的方向進展。

實際上，和大學朋友愉快聊天的卯月給人安心感。直到前天，她都因為明顯格格不入而令人捏一把冷汗，應該說有種著急不耐煩的感覺，現在則是完全不會這樣。她持續進行著安心、安定的互動。

只不過，真的看見卯月融入群體的樣子，就某方面來說讓人坐立不安，所以也很頭痛。

今天周圍的學生好像也沒注意到卯月的這種變化。大家恐怕是沒有注意他人到掛心的程度，只要各自確立的私人領域安全就好。若是假裝不注意他人，或許總有一天真的就不會去在意了。

咲太也是，如果對方不是卯月，他就不會注意，也不會在意。

「福山，我問你。」

咲太對坐在旁邊的拓海開口。

「嗯～～？」

拓海的聲音聽起來很睏，眼睛半張不張。

「今天的廣川同學，你覺得怎麼樣？」

「我覺得很可愛喔。」

「還有呢？」

「我覺得很可愛。」

「我想也是。」

「……梓川同學，我問你。」

大概是聊到清醒了，拓海注視著咲太發問。

「嗯～～？」

這次是咲太回以愛睏般的聲音。

「剛才的問題，怎麼回答才是正確答案？」

看來因為連續兩天問一樣的問題，終究是感到疑問了。

「正確答案是『可愛』。」

咲太打著呵欠這麼回答。

「這是怎樣？」

咲太也沒有預先在內心備好答案。

拓海看著沒繼續多說什麼的咲太，露出一頭霧水的表情。

克服第一節與第二節課的咲太在午休時間前往學校餐廳。今早他也是六點起床做便當，不過麻衣從今天開始來大學上課，和咲太約好一起吃午飯。

學校餐廳裡的座位已經八成滿。

咲太環視擁擠的用餐區，找到占了靠窗座位的麻衣。麻衣也發現他，微微招手。

咲太鑽過拿著托盤的學生之間，走向麻衣所在的四人桌，隨即察覺某人坐在麻衣正對面。

這個人背對咲太，但咲太隱約對這個背影有印象。這也是當然的。因為和麻衣在一起的是不久之前升格為朋友候補的美東美織。

走到桌旁，美織隨即親切地打招呼：「啊，梓川同學，呀呼～～」

咲太看了麻衣又看了美織，然後坐在麻衣旁邊。

「我們第二節的英文課同班。」

麻衣在咲太詢問之前說明。

「麻衣小姐坐我旁邊的時候，我還以為心臟要跳出來了。」

美織按著胸口，大概是回想起那一瞬間的緊張。

「美織好誇張。」

麻衣有點傻眼似的回應。

「不不不，麻衣小姐要更有自覺才行。對吧，梓川同學？」

進行自然的對話之後，美織話鋒轉向咲太。麻衣的視線也朝向咲太。

「總覺得妳們感情真好。」

咲太再次來回看向兩人，說出率直的感想。

看向桌面，兩人都點學校餐廳的招牌丼。兩個飯碗都空了，一顆飯粒都不剩。加上她們占的座位也是大桌子，大概是第二節課比預定早結束吧。或許在咲太過來之前就聊了很久。

「梓川同學，你在吃醋嗎？」

「麻衣小姐不擅長交朋友，所以我有點意外。」

咲太從背包拿出便當，在桌上打開。

「你說誰不擅長？」

麻衣故意裝出生氣的態度，拿筷子從咲太的便當盒搶走煎蛋捲。

「多虧我們在英語對話課的時候同組一直練習。」

麻衣說完一口吃下煎蛋捲。「嗯～好吃。」她嘴裡這麼說。

咲太上半學期也上過英語對話。上課時禁止講國語，所以和搭檔是異體同心。以咲太的狀況來說，這也是和拓海交談的契機。

「還有，聽美織說她身上不帶手機，我就知道是咲太提到的女生了。」

「反正你一定說過聯歡會上有個吃掉三塊炸雞塊的貪吃女生吧。」

「我可沒講這麼多。」

「不過多虧這樣，我才和麻衣小姐拉近距離，所以就放你一馬。」

美織沒聽咲太說話。

即使有這段原委，麻衣與美織也莫名親近。對麻衣來說，已經直接以名字稱呼美織也挺稀奇的。因為咲太剛開始也是「咲太小弟」。

「美織自我介紹時，要我直呼她名字，我終究是有點抗拒。不過以英文對話的時候這樣比較自然。」

「為什麼要叫名字？」

咲太問美織。

「因為我希望麻衣小姐直接用名字叫我。」

她毫不猶豫地回答理由。

「妳很內行喔。」

咲太感慨地點頭，將飯菜送入口中。

此時，麻衣不發一語地離席，到自助區端一杯茶過來，輕輕放在咲太的便當盒旁邊。

「麻衣小姐，謝謝。」

聽到這句話，麻衣只以嘴角露出溫柔的笑容。

「……」

看著這一幕的美織不知為何不斷眨著眼睛。

「美織，怎麼了？」

「……你們兩位真的在交往啊。」

她的雙眼依然眨個不停，看來相當難以置信。

「經常有人說我配不上她。」

雖然很少人明講，但咲太經常感覺到周圍的視線這麼說。這種事並不稀奇。或許從來沒人由衷稱讚他們登對，至少在大學認識的朋友或熟人不曾這麼說。

「不，我不是這個意思。總覺得距離感很自然……兩位好登對。」

美織客氣地回應，不知為何好像有點不好意思。大概是對自己這番話感到害羞吧。稱讚別人的時候會莫名拘謹，意外地難以說出口。

「美織，謝謝妳。」

麻衣說著露出笑容，美織隨即像心臟被射穿般癱倒在旁邊的椅子上。

「沒事嗎？」

咲太姑且問一聲。

「啊～～我不行了。我剛才墜入情網了。」

「我上次也說過，我的麻衣小姐不會讓給妳喔。」

「偶爾借我一下啦。」

「你們兩個，我可不是物品。」

麻衣說完，美織帶著有點緊張的表情起身。

「美東，不必在意。麻衣小姐不會因為這種程度就生氣。」

「是啊。咲太平常囂張多了。」

麻衣的筷子再度伸向便當盒，搶走蟹肉奶油可樂餅。最近花楓迷上這道冷凍食品，所以家裡隨時有庫存。

「啊～～麻衣小姐，那個至少留一半給我。」

不過咲太的制止沒傳達給麻衣，她一口就吃掉了。

「……這是什麼感覺？我還可以待在這裡嗎？」

美織來回看向咲太與麻衣，然後沒什麼自信地這麼問。

「拜託別當電燈泡。」

「當然可以啊。」

咲太與麻衣同時說了。

「總之，我再去裝一杯茶。」

美織做出折衷的選擇，拿著杯子起身。她也把麻衣的空杯拿走，可見她做事面面俱到。

「美織和你有點像，對吧？」

麻衣看著美織將杯子放在飲水機的背影這麼說。

「對美織講這種話，她會抗拒喔。」

「你就不會抗拒啊？畢竟美織很可愛。」

此時，裝好茶的美織回來了。

「在說什麼？」

兩個塑膠杯叩一聲放在桌上。

「說妳很可愛。」

「麻衣小姐，真的嗎？」

美織明顯露出質疑的表情。看來她不相信咲太。

「真的。」

「那個……謝謝。」

美織老實地相信麻衣說的話，乖乖就座，發出聲音喝著茶掩飾害羞。

對話暫時中斷的時候，咲太將最後剩下的煎蛋捲送入口中。將筷子收進筷盒，便當盒也蓋好，包上包巾結束午餐。

喝口麻衣端來的茶，休息一下。

不經意望向餐廳內部，目光停留在隔兩桌的位置。和咲太他們一樣的四人桌，服裝與化妝都

相似的四名女生坐在那裡。從桌上餐具看來，點的料理也一樣。

「高中的時候好輕鬆。」

突然說起這種話的是美織。

「嗯？」

咲太投以疑問的視線，發現美織也看著隔兩桌的那一桌。

「因為有制服。」

「啊～～」

看來她察覺咲太視線的意思了。咲太心想「那就好」，視線再度移回隔兩桌的那一桌。仔細看會發現再過去的那一桌也坐著服裝幾乎同款的兩人。

環視餐廳內部，穿類似服裝用餐的人不只一兩桌。以撲克牌來說就是從同花、葫蘆、四條、三條、兩對到一對都有，數也數不完。

「那個應該不是預先討論決定的吧？」

「天底下有人會做這種麻煩事嗎？」

每天早上聯絡朋友，說好今天穿這樣上學……連咲太都不認為有人會這麼做。

「應該沒有吧。」

只不過，若要說是湊巧穿得差不多，感覺這種人多得不太自然。換個角度來看，這樣的偶然重疊過度，有點詭異。

「我也是每天都在煩惱要穿什麼衣服，不想被當成土包子，也不想被嘲笑打扮過頭。」

這麼說的美織今天穿的是連身裙加一件牛仔布休閒襯衫。大概是只穿連身裙怕會有點過頭，所以加件襯衫減少甜美感。

看向旁邊那桌，有個女生的穿搭和美織一樣。

「梓川同學，你也是。」

美織嘴裡這麼說，以眼神示意咲太斜後方座位的兩名男生。深藍色九分褲加上長袖T恤，和咲太的穿著一模一樣，連黑色背包都一致。

不用問也知道美織想說什麼。

「我去符合預算的店，買下假人模特兒身上的衣服，就變成這樣了。」

「我這套也是假人模特兒身上的。」

美織輕輕捏起自己的衣服，忍不住似的噗哧一笑。

「昨天穿的是搜尋『秋　大學生　穿搭』的結果。既然買的店與看的網站都一樣，當然會穿得一樣啊。」

「哎～～大概吧？」

「而且，既然和大家一樣，也就不會被笑……不會刻意打扮得不一樣。明明高中的時候會把

裙子改短，把領帶綁得很可愛，或是換成不同的襪子，拚命想表現自己的個性。」

美織回顧從前，露出苦笑。

不過人類或許就是這種生物。知道可以自由選擇之後，就會覺得是在被試探自己的能力與價值而感到畏縮。只要跟著別人的決定去做，出問題的時候就可以怪到那個人頭上。但如果是自己決定的事就無法辯解，失去退路。

「妳明明沒手機，卻會搜尋資料啊。」

「因為家裡有電腦。」

明明沒什麼好得意的，美織卻雙手扠腰挺胸。看來她並不是討厭上網。

「麻衣小姐是在哪裡買衣服的？」

美織將話鋒轉向一直默默看著兩人交談的麻衣。

「我？」

「妳的衣服都很可愛，希望妳傳授一下。」

「確實，麻衣小姐總是很可愛。」

今天的麻衣上半身是有領子的女用襯衫加上毛線背心，下半身是長裙。頭髮綁成雙麻花辮，從兩側肩膀垂到前方。戴著平光眼鏡的整體搭配，散發出文學少女的感覺。

總覺得一個不小心就會變俗氣，但麻衣高明地穿得成熟又美麗。

「最近大多是向造型師買攝影穿過的服裝，現在身上這套也是。」

「這就學不來了～」

美織垂頭喪氣。

「不過就算學得來，我也不是麻衣小姐，應該不適合吧……」

接著她逕自鬧起彆扭。

「意外地可能會不錯喔。」

「梓川同學，你為什麼知道？穿過？」

「嗯。」

「你這變態。」

「是我妹妹穿過。麻衣小姐經常送舊衣服給她。」

花楓身高意外地高，穿得了麻衣的舊衣服。雖然也覺得像是把花楓當成女兒節娃娃玩換裝遊戲，不過大致都搭得起來。

「你妹妹……好好喔。我也想當梓川同學的妹妹……還是算了，不過好好喔。」

「妳說出真心話了。」

「對了，原本是在聊什麼？」

美織把咲太的話當成耳邊風，重整心態般詢問。

「還不是美東妳突然說高中有制服穿真好。」

「咲太，是因為你往那裡看吧？」

麻衣瞥向成為話題開端的那群女生。

「對喔。既然在意那個，梓川同學，你發生過什麼事嗎？」

「妳是指什麼事？」

「什麼事就是什麼事。」

「只是不經意看過去罷了。」

咲太這次真的不經意移開視線，美織說著「是喔，不經意喔」姑且接受了。她不會追問對方想隱瞞的事。

在這之前，通知午休即將結束的預備鐘聲響了。在學校餐廳放鬆休息的學生們熙熙攘攘地開始行動。

「我要去圖書館還書，先走了。」

美織首先起身。

「餐具我幫妳收吧。」

咲太隨後起身，伸手去拿美織的托盤。

「啊，抱歉，謝謝。」

「下週上課見。」

麻衣說完，美織說聲「再見」揮揮手，離開餐廳。

咲太目送她的背影離開，然後將餐具放到回收區。

和麻衣一起來到外面，並肩走向主校舍。

「咲太，你下午上什麼課？」

「好想蹺課和麻衣小姐約會。」

從銀杏步道仰望的天空又高又藍。

是最適合約會的好天氣。

幾天前還覺得熱的空氣，今天帶著秋天會有的涼意。

「如果要上到第四節，我就陪你一起回家。」

「我上到第三節，不過要準備補習班的課，所以會等妳。」

「是嗎？不過，原來你今天要去補習班打工。」

「唉～～晚餐好想和麻衣小姐一起吃麻衣小姐親手做的飯菜。」

「就算你這麼說，我也不會去幫你做飯。」

「咦～～」

「不提這個，你晚上去補習班打工如果會見到雙葉，要不要問問剛才的事？」

「嗯？」

「剛才提到那種話題，是因為廣川吧？」

看來麻衣果然早就知道了。因為知道，所以剛才沒提出任何疑問。想必是從和香那裡聽到某些情報了。

「我今天問問看雙葉。那傢伙肯定會滿臉抗拒吧。」

4

「梓川，你還在思春期啊。」

向理央說明卯月的事情之後，理央首先回的是這句話。

補習班講師的打工已經結束。

晚上十點之後的連鎖餐廳裡依然坐了八成滿。

今天花楓也來打工，來為咲太與理央點餐的人就是花楓。端料理過來的是高中時代的學妹古賀朋繪。兩人現在已經不在前場。高中生只能工作到晚上十點，現在她們應該在後場換衣服準備回家。

「因為我好像意外地純真喔。」

「畢竟豬頭少年的心思好像意外地細膩。」

「這單純是在說豬吧？」

理央無視咲太的指摘。

「應該和你想的一樣吧？」

她回到正題。

「意思是？」

「原本不會看氣氛的偶像忽然會看氣氛了。就這樣。」

「妳認為有這種事嗎？」

這麼說很失禮，但卯月的少根筋是掛保證的，咲太實在不認為短時間內會突然改變。

「你無論如何都想連結到思春期症候群是吧。」

「我希望不是這樣。」

這是真的。

最近這一年半左右都沒遇到，可以的話希望就這麼永遠說再見。

只不過，關於卯月的事件，若說這是某種思春期症候群會比較可以接受，這也是事實。卯月的態度就是如此令人感到不對勁。

「假設是思春期症候群，她也沒為自己的少根筋煩惱過吧？」

「也是。」

當然，應該有一段時期煩惱過。和同學雞同鴨講，沒能建立良好交情，發現的時候已經被孤立。咲太聽卯月本人說過，她在國中與高中處於這種狀態。

不過，在認識咲太之前……從全日制的高中輟學，轉入函授制高中的過程中，她克服了這個障礙。

自己的幸福由自己決定。

如此建言的母親給了她勇氣……

因為卯月是過來人，當花楓煩惱自己無法和他人做到一樣的事情時，卯月成了花楓的路標，給予花楓勇氣。多虧這樣，花楓完全變成了卯月的粉絲。

「既然這樣，我覺得她沒理由引發思春期症候群啊。」

「就是這樣。」

即使找理央討論，得到的答案果然也一樣。沒有問題，因此感覺有問題。不過因為沒有問題，所以沒問題……這樣簡直是問禪。

「瞧你一臉想不通的樣子。」

「那當然。不過如果只是會看氣氛也就算了……她連服裝都突然和旁人一樣，妳不覺得毛毛的嗎？」

餐廳深處剛好有一桌是洋溢類似氣氛的女大學生三人組。及膝裙以及給人高雅印象的女用襯衫，大約及肩的頭髮輕盈地往內捲，臉頰的妝有點像剛出浴的淡紅色，三人正在愉快地聊天。聽起來是聯誼的檢討會……應該說在數落那群令她們大失所望的男生。

「這正如你新結交的正妹朋友所說吧？」

理央態度冷漠，將咖啡杯拿到嘴邊。她的嘴唇抹上淺淺的紅色。雖然低調，但理央升上大學之後也開始化妝了。

「姑且還只是朋友候補喔。」

「你不否定她是正妹啊。」

「所以呢？」

看來最好在她進一步吐槽之前討論下去。

「如果每天接觸類似的情報，即使人與人沒有直接互動，情報也會被共享，導致每個人都變得大同小異。人類就是具備這樣的社會性吧。」

理央置身事外般這麼說。不過就是這份認知讓咲太起疑。

「換個角度來看，這是不是很像量子纏結？」

處於該狀態的粒子，無須任何媒介就可以瞬間共享情報做出同樣的行動。這個知識是理央傳

授的。

「如果只看結果，逕自解釋……或許可說兩者很像吧。」

理央從咖啡杯上抬起頭，餘光不經意捕捉到深處那一桌。

「舉個例子，假設有個社群處於量子纏結的狀態。」

她看著參加聯誼回來的女大學生三人組。

「假設有。」

「然後，沒處於量子纏結狀態的另一個朋友前來會合。」

說巧不巧，女大學生那一桌有個朋友說著「抱歉，等很久了嗎？」遲一步前來。大概是聯誼沒有成果，現在時間多得是，就找朋友過來吧。只有這名女生穿著飛行外套而格格不入。

「會合了。」

「後來會合的這個人，若是因為某個契機被捲入量子纏結的狀態，情報將在這個時間點被共享，導致這個人和社群融為一體，所以我並不是無法理解你想說的意思。」

晚一步會合的女大學生一坐下就脫掉飛行外套，隨即變成和一開始那三個人差不多的打扮。

就像是情報被共享，融合為單一的群體。

單純是大家看了氣氛的結果。

聽理央這麼說完，就覺得確實只是這麼回事，不過光是會看氣氛，知道大學生應該是什麼樣子，遵守場中的原則與規範……只要這麼做，髮型、妝容與服裝就會那麼類似嗎？完全沒預先說好就做得到這種事的大學生，甚至像是擁有某種特別的能力或天分。

「但如果是這樣，這次的案例可能在另一邊。」

「另一邊是哪一邊？」

「假設這是思春期症候群……那麼引發思春期症候群的不是廣川卯月，而是除了她以外，懂得看氣氛的所有大學生。」

理央隨口說出驚天動地的想法。

不過，咲太莫名感到認同。若是套用在剛才以深處那桌女大學生為例的說明，那麼理央的發言有邏輯可循。

「下意識共享情報，產生『正常』或『大家都這樣』這種平均之後的價值觀，也許可以說是這樣的思春期症候群吧。或者，思春期症候群形成了性質近似量子纏結的潛意識網路，造就平均化的價值觀。」

「來自所有大學生？」

「對，來自所有大學生。」

感覺這種想法真是不得了。太離譜了，規模比想像的浩大得多。但是實際上，無論去哪一所大學都有類似的學生團體，打扮成類似的模樣，擁有類似的價值觀，進行相同的行動。

更重要的是，大學生們和卯月不同，有著引發思春期症候群的理由。

這應該正如美織所說。

一直到高中，制服的存在都證明自己是高中生。學校準備了「班級」這個暫時的居所。

然而大學不一樣。沒有制服，更沒有班級。塑造自己的模子被取走，所以毫無自覺又下意識地尋求大學生應有的模樣。這種朦朧不安的集合體應該就是理央說的「普通」，是名為「大家」的無形存在。

「如果這是思春期症候群的真面目，就可以理解她為什麼會被捲入其中。」

「因為月月是月月啊。」

卯月以卯月的個性活在當下。當偶像、上電視節目，也上了時尚雜誌……在迷惘找不到自我的其他大學生眼中，卯月是耀眼的存在，應該也是因為耀眼而害怕得不敢正視的存在。

所以才會將她吞噬。

吞入這個群體……

「梓川，這個話題的後續，反倒應該是你的領域吧？」

「哪個部分？」

「統計科學就是在進行這方面的分析吧？」

「大一幾乎都在上通識課與基礎數學喔。」

還沒上過任何專業領域的課。目前都不覺得自己在攻讀統計、科學或是統計科學。

「哎，不過以這次來說，剛才這段討論或許沒什麼意義。」

「是嗎？」

可是多虧理央，咲太觀察現狀的角度大幅改變……

「梓川你也知道吧？接下來才會發生真正的事件。」

理央緩緩吐出這句話。

「也是。我想應該會是這樣。」

理央已經全部看透。

「突然會看氣氛之後，應該會察覺各種事情。」

「包括好事與壞事……」

「這或許會令她有所改變，所以你才在擔心？」

「身為粉絲當然會擔心啊。」

卯月的態度不只救了花楓。卯月成為花楓的助力，也幫了咲太很大的忙。借用和香的說法，卯月擁有讓大家露出笑容的力量。咲太認為這是真的，所以不想看到她的光輝蒙上陰影。

卯月是令咲太這麼想的朋友之一。

然而一反咲太的心願，狀況開始改變。

卯月變得會看氣氛了。

她遲早會察覺自己如今會觀察氣氛吧。

得知以往旁人是如何看待不懂察言觀色的她……

「小心出軌別被抓包啊。」

理央以不知道是不是在開玩笑的語氣說完，看向店內時鐘。進餐廳後過了約一小時，現在是晚上十點二十分。

「花楓那傢伙好慢。」

花楓要咲太等她一起回家，但遲遲沒看她換好衣服出來。

「雙葉，我去餐廳後面看看，妳先回去沒關係。」

「是嗎？那我走了。」

理央把自己的餐費放在桌上，說聲「改天補習班見」離開餐廳。

目送理央之後，咲太找店長結帳完畢。

然後到餐廳後面找花楓。

經過廚房餐檯前面繼續走，聽到休息區傳出說話聲。是兩個女生，都是咲太熟悉的聲音。

往裡面一看，是正如猜測的兩人，花楓與朋繪。兩人都還穿著服務生制服，一起看花楓手上的手機。

「快點換衣服啦～～」

「啊，學長。」

察覺咲太的朋繪轉過來。

「哥哥，你看這個。卯月小姐出大事了。」

「啊？」

咲太完全聽不懂。卯月確實發生奇怪的事，但花楓應該不知道。

「別問了，快點。」

「是我希望妳快一點耶……」

希望她快點換衣服，快點回家。

「真的是大事！」

花楓將手機遞到咲太面前，咲太不得已只好看向畫面。

映在畫面上的是拓海給他看過的無線耳機廣告。

年輕女性清唱歌曲，這首歌是翻唱霧島透子的作品，所以好像成為不小的話題。

而且這名唱歌的女性，鏡頭只拍到她嘴巴以下的部分，「那個廣告裡唱歌的人是誰？」這一點也引起觀眾興趣。先前拓海對咲太這麼說明過。

臉蛋若隱若現的感覺，若說好奇確實令人好奇。

咲太也從第一次看廣告的時候就感到好奇。

鏡頭再往上一點就好了……廣告在這個時候中斷結束。不過，咲太現在看的影片長度比之前長，經過三十秒之後還在播放。

歌曲進入最後的副歌段落。

以更細膩、有力的聲音歌唱。

鏡頭從胸口到頸子，再從頸子上移到嘴巴……歌曲結束的同時，映出隱藏至今的女性面貌。

額頭冒出的汗珠。

因為熱情歌唱而泛紅的臉頰。

以充實感填滿的笑容。咲太認識這名女性。

今天也才在大學裡見過面。

不管怎麼看都是卯月。

「明明今天才公開新的版本，點閱數已經超越百萬耶。」

花楓興奮地說著，但咲太不清楚這樣有多厲害，只知道很厲害。

比起點閱數，廣告的演出以及美麗有力的歌聲更令身體產生寒毛直豎的反應。無法以理論說明的魄力從畫面傳達過來。

看來不只是咲太有感，廣告影片也吸引了許多留言。

——這是上過猜謎節目的那個少根筋女生對吧？

——原來會唱歌啊。

——這樣看就很漂亮。

——總覺得好厲害。

——歌真的很讚。

——月月的時代要來了。

有人知道卯月，也有人不知道。

共通點是透過廣告對卯月深感興趣。

人們迅速高漲的情緒有著推動某種事物的熱量，還有確切的預感。

5

隔天星期四，十月六日。

前往大學途中，咲太在橫濱站轉搭京急線的時候，在紅色電車上巧遇卯月。雖然這麼說，但不是卯月本人，而是車上橫幅廣告照片裡的卯月。

她單獨上了少年漫畫雜誌的封面。

單腳彎到胸前放鬆的坐姿。寬鬆的毛衣露出單邊香肩，垂到雪白肌膚上的黑髮莫名誘人。不過咬著柳橙的表情呆愣，展現出符合年紀的可愛氣息。感覺是只給男友看的真實表情。

這張相片挺不錯的。買雜誌回去給花楓當伴手禮吧。

咲太思考這種事，繼續看著卯月的照片。

「大哥，看太久了。」

此時，後方傳來聲音。

轉過去一看，發現身後站著一名戴著帽子與口罩的女性。

是卯月本人。

「既然有這個機會，就來看本尊吧。」

咲太轉身朝向卯月。

不過，這邊的卯月雙肩確實收在衣服底下。一點都不清涼，性感氣息完全不夠。

「還是這邊的好。」

咲太將視線移回橫幅廣告。以舞蹈鍛鍊的健康肌膚有著生氣勃勃的魅力，百看不膩。

「禁……禁止看這麼久。」

卯月害羞似的拉著咲太的手臂，讓咲太轉過來。真是稀奇的反應。以前咲太拿著刊登她泳裝照的雜誌，她反倒會說「怎麼樣？怎麼樣？」積極地詢問感想。

看到她率直地露出嬌羞模樣，咲太就覺得自己在做不該做的事，會一時衝動想更捉弄她。這件事如果傳到和香耳裡會很麻煩，所以咲太將視線移回卯月本尊身上。

要聊天的話有各種話題可以聊。

「妳最近狀況不錯喔。」

「嗯，託大哥的福。」

「廣告影片也是。」

「大哥也看了啊。」

這個話題使得卯月的聲音稍微變小。

「昨天花楓大呼小叫告訴我的。事情變得不得了了吧？」

「好像是。今天早上也收到經紀人的聯絡，要我去大學的時候小心一點。」

所以平常完全露臉的卯月只在今天戴上帽子與口罩。

大概也因為扮裝的效果，目前周圍乘客好像沒發現卯月。只不過有幾個乘客和咲太一樣發現橫幅廣告上的卯月，注視了好一陣子，明顯是看過昨天廣告的反應。

站在車門旁的女高中生雙人組也是。

「妳看，那是昨天的……」
「啊，是廣告的人！」
「沒錯沒錯，叫什麼名字？」
「等等，我查一下。」
聽得到她們一邊拿出手機一邊討論。
如果是以前的卯月，在這個場面主動搭話做自我介紹也不奇怪。即使對方突然被搭話而不知所措，卯月應該也會不以為意，我行我素地用力和對方握手。不過現在的卯月一動也不動。
就只是挺直身體感到緊張。
「對對對，廣川卯月。」
「這是真的嗎？上面寫她念的大學是橫濱市立大學。」
「那麼，她會搭這班電車嗎？」
「咦～～將來遇得到她嗎？」
繼續進行的對話使得卯月眼神看起來不知所措。
此時車內播放通知打斷女高中生們的對話。廣播說明下一站是上大岡站。
「下一站先下車，換到旁邊車廂吧。」
咲太輕聲說完，卯月一開始一副聽不懂的表情。不過，大概是隨後理解了咲太這句話的意

思，眼睛瞬間睜大，回應「嗯」點了點頭。

咲太與卯月在上大岡站下車到月臺轉搭其他車廂，不過這節車廂也有高中生在討論卯月的那部廣告。這次是三名男生。

「歌真的唱得超好。」

「而且很正。」

「你今天要記得買雜誌喔。」

「就叫你買啦。」

他們一大早就熱烈地討論。應該說在發情。

因此為防萬一，咲太與卯月在下一個停靠的金澤文庫站也先下車，又改搭下一節車廂。

「總覺得很像祕密約會？」

卯月好像挺開心的，不過咲太身為麻衣的男友，老實說只有忐忑不安。

要是現在有人發現咲太和卯月在一起，或許會無視事實，將咲太當成卯月的男友，散播奇怪的謠言。要是傳出疑似劈腿可不是鬧著玩的。

因此，抵達大學所在的金澤八景站之後，咲太下意識「呼～～」地鬆一口氣。

穿過驗票閘口，走下通往車站西側的階梯。

這時間走這條路的幾乎都是就讀同一所大學的學生，此外頂多是教職員。

「話說回來，影響真大。」

在昨天的時間點，咲太沒想到人們的反應會淺顯易懂到這種程度。

「是啊。」

卯月同意咲太的困惑，看起來卻沒那麼為難。這也是當然吧。對卯月來說，只不過是累積到現在的演藝活動造就了一份成果。爆紅的機會終於來臨，所以內心的情緒肯定是積極樂觀。搭電車變得不方便並不是太大的問題。

「既然這樣，應該就直衝甲子園了吧。」

「大哥，那是棒球喔。」

「記得是朝國立邁進？」

「那是足球。」

「花園？」

「橄欖球。」

「我知道了。兩國對吧？」

「差一點點，那是相撲。」

卯月直到最後都精準地吐槽。她知道咲太在搞笑，也配合說這段相聲，不像以前會正常地反

問：「為何是甲子園？」導致雞同鴨講。以前明明都得跟她說明故意裝傻的地方哪裡好笑……

「我們的目標是武道館。」

但我想大哥早就知道了——卯月補充這句話。

「妳們距離武道館也近了吧？」

「唔～～這就難說了。」

卯月的語氣隱含了認真。她戴著口罩所以看不出細微的表情變化，不過從她筆直注視前方的雙眼感覺到對某種事物的嚴格態度。

不熟悉偶像業界的咲太不太清楚，卻從卯月散發的氣氛得知武道館是特別的場所。至少對現在的卯月來說，那裡是即使開玩笑也說不出「絕對去得了」的地方。卯月就是這樣慎選言辭。

「順便問一下，為什麼是武道館？」

「不過只要是和大家訂下的目標，我覺得哪裡都好。」

「是嗎？」

「上次跟大哥說過吧？」

「說什麼？」

「說我升上國中之後交不到朋友。」

「有聽妳說過。」

「所以，一起陪伴我的甜蜜子彈成員對我來說是很特別的……超越朋友的存在。」
只有卯月知道有多特別，所以咲太刻意沒多說什麼，也沒說自己能理解或不能理解。
「雖然愛花與茉莉先畢業了，但我要和留下來的大家……和香、八重、蘭子與螢，一起站上武道館。」
卯月在最後再次輕聲說了「一起」。重點是和成員們一起。這份意志強烈地傳達給咲太。為了這個目標，這次廣告爆紅肯定會成為卯月她們的順風助力。別說一步，應該前進了三步、四步。
只是如果換個角度來看，正在摸索如何讓卯月單飛出道的經紀公司方針，感覺也受到莫大的影響。因為演出廣告的只有卯月……
若要採取什麼行動，當然要趁著眾人矚目的時候出招。
實際上，像這樣和卯月並肩行走，就知道人們正在關注卯月。走在周圍的學生也從剛才就不時瞥過來，感覺得到他人佯裝不在意的視線。
卯月也察覺到這一點，所以盡量看著前方繼續走。
「一半是對大哥吧？」
「什麼？」
「看過來的視線。」

那傢伙為什麼不只和「櫻島麻衣」，和「廣川卯月」交情也這麼好？大概是基於這個理由羨慕咲太。

「不過，我很慶幸能遇到大哥。」

「很高興妳突然表白，不過我的心已經只屬於麻衣小姐一個人了，對不起。」

「被甩了～剛才不是說慶幸能認識你啦，是今天早上在電車遇到你，得到你的協助而感到慶幸的意思。」

咲太當然知道這種事，現在的卯月當然也知道咲太知道。都全部知道了，還打趣地刻意從頭說明到尾。

「大哥出乎意料地麻煩又愛整人耶。」

「妳現在才發現？」

「嗯，不久之前完全不知道。」

兩人一邊這麼閒聊一邊穿過正門。

走在大學裡的林蔭步道，感覺周圍集中過來的視線與意識更多了。

現在是第一節與第二節之間的下課時間。第二節來上課的學生以及從第一節教室移動到第二節教室的學生熙來攘往。

如果這裡是別的地方，察覺卯月存在的人應該會更少。就讀這裡的學生們知道廣川卯月是他們的同學。

想到卯月可能在大學裡，察覺的機會自然就會增加。感覺帽子與口罩在大學校區也變得沒什麼效果。

「明天要不要戴眼鏡來呢……」

「麻衣小姐說過，換髮型就不容易被發現。」

「啊～～原來如此。」

現在卯月也筆直看著前方走，避免注意到旁人。她確實掌握周圍的反應，觀察現場氣氛。

卯月的眼神只在一瞬間移向林蔭步道旁。

是刊登停課通知或就業講座情報的整排公布欄。一名女學生站在其中一端……張貼社團招生海報的公布欄前面，向路過的學生們宣傳。

「請問對學生志工有興趣嗎？」

咲太認識這名女學生。

是赤城郁實。

「我們是剛成立的團體，正在招募一起活動的朋友。」

她說著遞出手上的宣傳單，但是沒人去拿。

專心聊天的兩名女學生直接經過郁實前方，戴著無線耳機的男學生微微舉手拒絕。

「我們正在為不上學的兒童進行課業輔導，現狀還是很缺人手。」

郁實語氣平淡，但確實發出聲音，繼續耐心地向大家介紹。

即使如此，依然沒有任何學生停下腳步。就算做出某些反應，也頂多是經過郁實前方之後小聲說著「是志工耶」轉過頭，和身旁友人視線相對，微微一笑。

她們的眼神說著「真厲害」或「自我感覺良好」，在她們自己的價值觀裡相互確認自己與對方的階級順序。

對完答案滿意之後，就再也不看郁實一眼，聊著某間咖啡廳的店員很帥，往主校舍的方向消失。

在這之後也沒有任何人在郁實前方停下腳步，沒有任何人感興趣。

即使如此，郁實依然繼續介紹，此時有唯一一個人停下腳步了。

就在咲太的身旁……

原因不是郁實向她開口介紹。

因為卯月還在距離郁實十步以上的位置……

卯月突然停下腳步，看著郁實。

看著無視於郁實經過的學生們。

和郁實隔一段距離的學生們輕聲發笑。卯月的側臉顯示她察覺到這陣笑聲。

卯月半開的嘴唇微微顫抖，稍微往下的眼角滲出某種惆悵般的液體。

「欸，大哥。」

「……」

被叫到的咲太就這麼默默等待卯月的下一句話。

因為咲太隱約猜得到卯月要說什麼。

因為咲太早就認為這一刻遲早會來臨。

可以的話，咲太不想對答案……

即使如此，卯月也沒停止開口。

察覺之後就無法忍住不說。

卯月取下口罩，看著咲太。

「原來，大家之前也是那樣笑我的。」

卯月面不改色地如此呢喃。

咲太找不到任何話語回應。

所以，他眨眼般微微點頭。

第三章 Social World

1

「獵戶座星群之一，超新星——」

問題問到一半，卯月比所有人都先按下按鈕。獲得回答權的顯示燈在卯月的座位亮起。

「來，月月請作答。」

主持猜謎節目的男藝人催她回答。

「參宿四！」

卯月充滿自信地回答。

停頓片刻之後，表示猜對的鈴聲響起。

「題目是：『獵戶座星群之一，超新星爆炸可能即將發生的星星叫作什麼？』」

擔任節目助理的年輕女播報員將題目說完。

「月月，今天是怎麼了？」

大吃一驚地詢問卯月的是將近五十歲的主持人。他的眼睛睜得好大。

卯月至此零失誤連續答對三題。她以往總是回答得異想天開，可以理解主持人由衷感到驚訝的心境。

「最近我狀況很好！」

「不不不，對節目來說狀況不好吧？我好擔心今天的收視率。」

「接下來也會卯起來答對喔！」

卯月充滿幹勁，主持的男藝人說著「可以別這樣嗎？」嘆了口氣。

這都是在電視上發生的事。

——原來，大家之前也是那樣笑我的。

她說完那句話之後經過十天。

今天是十月十七日，星期一。

咲太不知道這個節目在哪一天錄影，不過看節目拿卯月主演的廣告當話題，應該就是在那一天之後吧。

不必整合日期順序，卯月看氣氛回答題目的態度變化也證實了這一點。

「月月，接下來要以歌手身分闖蕩演藝圈嗎？」

主持人以開玩笑的感覺消遣。

「因為現在正是走紅的好機會啊！」

看現場氣氛的卯月回應戳中笑點，頓時哄堂大笑。

「說真的，妳怎麼啦？月月！」

這不是裝出來的，主持人真的嚇了一跳。

「不過這樣好像也滿有趣的，可以嗎？」

一起上節目的和香裝出苦笑聽著這樣的對話。餘光看著卯月的和香表情只在一瞬間蒙上陰影，咲太沒有看漏。

雖然不知道和香想到什麼事，但咲太知道她在思考、推敲某些事。這明顯和卯月態度的變化有關。

咲太在補習班的職員室收看這個節目。

數學課順利結束，咲太在填寫山田健人與吉和樹里的學習狀況日報表時，坐在深處沙發的班主任打開了電視。

「這個叫作廣川卯月的女生真有趣。」

班主任對身後的咲太說。

「是啊。」

卯月的活躍成為助力，她所屬的隊伍在節目獲勝。賭上一百萬圓獎金的加碼挑戰很可惜以失敗收場，節目步入尾聲。

「那麼各位觀眾，下週見～～！」

以主持人這句話為信號，約二十名的參賽來賓一齊揮手。
咲太只以耳朵聆聽這股氣氛，完成日報表。
視線移回電視一看，下一個節目已經開始。
說到卯月的那句話是否為咲太周圍帶來驟變，答案當然是「否」。
咲太與人們都繼續過著一如往常的平穩生活。至少這十天左右一直都很平穩。
即使是卯月，日常生活這方面看起來也沒什麼特別的變化。沒通告的日子會來大學上課，參與朋友的小圈子融入其中，一起開懷大笑。
今天也上了同一門西班牙文課，不過表面上看不出明顯的差異。
聽過理央的推測之後，反倒是每天穿類似服裝、進行類似行動的大學生們看在咲太的眼中不太自然。如果這真的是捲入所有大學生的思春期症候群，就真的令人憂慮又害怕。
因為剛好和前座男學生穿同款服裝的咲太或許也不知不覺被囚禁於這個思春期症候群……下意識認為正常，認為大家都這樣，內心某部分毫無自覺就被這個思春期症候群感染……
「剛才上課的時候，你一直在看廣川同學。出軌了？」
上完課的時候，美織這麼問。
「妳覺得今天的月月怎麼樣？」
咲太想說順便問一下美織。

「沒怎樣，很正常吧？」

她這麼回應。最後反倒是問這個怪問題的咲太被投以奇異的眼神。

雖然這麼說，但其實不是什麼都沒變。

因為卯月察覺了。

察覺到大學的朋友們是怎麼看待以往沒看氣氛的自己……

察覺到旁人是怎麼看待當個沒沒無聞的偶像的自己……

所以，卯月內心應該正在產生某種變化。但是卯月若無其事地過著每一天，和以往嘲笑她的大學朋友們一起行動，看似愉快地聊天，午餐也一起吃。

要以可喜可賀的心態旁觀這幅光景有點難。

咲太不認為這種狀況能永遠持續下去。如果沒人勉強自己也能維持現狀就不成問題，但是卯月身邊的環境顯然是以她的勉強而成立。

忍耐久了遲早會累積到爆發。

明知如此卻完全無法未雨綢繆，這真的不好受。咲太這十天就像熱鍋上的螞蟻。

「那麼，我先告辭了。」

咲太從座位起身，向班主任打招呼。

「梓川老師，下次的課也麻煩你了。」

「好的。」

咲太背對著班主任回應，脫掉補習班講師制服的同時進入更衣室。將制服掛回置物櫃，拿出背包。

「那麼，回去吧……」

留在補習班做不了任何事。咲太再怎麼思考也無法解決卯月背負的問題，到頭來只能在發生事件的時候盡力而為。

咲太如此心想，走出更衣室。

「啊，咲太老師再見。」

剛好要離開補習班的健人朝他揮手。

「別晃去其他地方，直接回家啊。」

「我要去超商買炸雞塊再回去～～」

健人規矩地告知要先去哪裡，就這樣直接走出補習班。

「老師再見。」

目送健人離開之後，這次是樹里前來打招呼，準備離開。

「別晃去其他地方，直接回家啊。」

「好的。」

反觀她真的老實又正經。

樹里在門口再度轉身向咲太鞠躬，然後離開補習班。

大概是因為加入排球隊，樹里很有禮貌，看起來成熟得不像高中一年級，和健人呈對比。

「哎，不過我也要回家了。」

話是這麼說，如果現在出去，將會在電梯前面再度遇到剛送走的學生。這樣也很尷尬，所以咲太決定無意義地看過牆上貼的模擬考海報再回去。

消磨了一兩分鐘之後，咲太搭電梯到一樓。

看向補習班所在的商業大樓前方的道路，已經沒有健人與樹里的身影。健人去買炸雞塊，樹里大概是直接回家了吧。

只不過，雖然這兩人不在，咲太卻巧遇另一個熟面孔。

「啊，學長。」

是朋繪。

「古賀妳是打工結束要回家？」

沿著這條路直走就是咲太與朋繪打工的連鎖餐廳。她穿著高中制服，所以應該是從學校放學回家，也是打工下班回家。

「學長也是吧？」

朋繪仰望補習班招牌。

「是啊。」

咲太簡短回應之後往車站方向走，朋繪跟上來跟他並肩前進。

「學長，發生了什麼事？」

朋繪不知道想到什麼，突然這麼問。

「妳是指什麼事？」

「什麼事就是什麼事喔。」

「……現在流行這種對話嗎？」

「……？」

朋繪歪過腦袋，一副聽不懂的表情。

「忘掉我剛才說的。所以，妳在問什麼？」

「平常學長都會說『什麼嘛，是古賀啊～』這樣吧？」

「是嗎？」

總之先裝傻。因為咲太自覺剛才在想事情……話說回來，朋繪看人還是這麼觀察入微。

「和櫻島學姊吵架了？」

「這方面很圓滿，請不必擔心。」

「我又沒擔心。」

來到車站前面之後，走天橋避開紅綠燈。完全包覆公車轉運站的大型立體步道，路寬約十公尺，是通道也是小型廣場。

咲太在其中一角看見一名自彈自唱的年輕男性，年齡是二十歲左右，和咲太差不多。

男性背對欄杆彈著木吉他，演奏沒聽過的旋律，唱著沒聽過的歌。大概是男性自己寫的原創歌曲吧。吉他盒展示著應該是他自己製作的ＣＤ，看來也有販售。

時間是晚上九點多。許多人下班或放學，站前行人很多。踏上歸途的人們形成毫不停滯又迅速的人流。

在自彈自唱的男性前方停下腳步的人，只有穿著某間高中制服的情侶，以及穿著另一間高中制服的兩名女生……

行人幾乎看都不看一眼，沿著走慣的道路返家。

人們應該都有察覺到這名自彈自唱的男性，因為走在立體步道另一側的咲太也聽見了年輕男性的歌聲。

「古賀，我問妳。」

咲太叫住朋繪，停下腳步遠遠看著這名男性。

「幹嘛？」

朋繪隨後停下，沿著咲太的視線看向自彈自唱的男性。

「妳覺得那個人怎麼樣？」

「問我怎麼樣……」

朋繪窺探背靠欄杆的咲太的臉。

「學長想要我說什麼？」

大概是察覺這個問題的意圖，她看起來有點不滿。

「想到什麼都跟我說。」

對此，朋繪思考片刻。

「我覺得很厲害。」

她慎選言辭般輕聲說了。

「哪方面的意思？」

「很厲害」大致分成兩種意思。

率直地覺得很厲害。

或是就某方面來說很厲害。

「兩方面的意思。」

朋繪被迫說出不想說的事，臉上累積不滿。

她背對自彈自唱的男性，手肘靠著欄杆支撐全身。

「有想做的事，也有做得到的行動力……我覺得他這方面真的很厲害。」

「我想也是。」

找得到可以努力的事物，也可以實際努力去做……在渾渾噩噩過日子的人們眼中，這是耀眼無比的存在。不過這樣的光輝也會產生另一種情感，在內心投射陰影。

「因為覺得很厲害，我總是別過頭去，視而不見……從那種人面前經過，幾乎沒有自覺。」

朋繪視線稍微往下，看著行經下方馬路的車輛的車尾燈。

「如果和朋友一起走，應該會聊到『沒聽過這首歌』然後笑一笑吧。」

「任何人都是這樣吧？」

現在也是，行人們幾乎看都不看就直接走過，即使察覺了也沒將注意力聚焦過去。他唱得不是很好；聽不出歌詞在唱什麼；這樣唱歌不會害羞嗎；這個人還真敢這樣唱……人們只會像這樣各自心想。

不久前，咲太也在大學裡看過類似的光景。赤城郁實拚命招募志工，學生們卻幾乎都直接從她前方經過。就咲太所知，當時去向郁實拿傳單的只有卯月一人。

「如果那個人過了幾年後走紅，登上紅白舞台，就算明明只是每天經過，感覺也會跟別人炫耀『我在他自彈自唱的時期就認識他了』……」

或許該說不愧是拉普拉斯的小惡魔吧。

朋繪甚至思考到不知道是否會成真的未來。

不過，正因為是這樣的朋繪，咲太才會聊起這個話題。咲太認為朋繪應該會回以他想要的話語，而且實際上她表現得更好。

「啊，不過說到身邊的名人，櫻島學姊是最強的吧？」

大概是說出真心話感到不好意思，朋繪開玩笑般這麼說，氣氛因而頓時變緩和了。

「因為再怎麼說，都是我的麻衣小姐啊。」

「說得也是喔～～」

字面上的附和聽起來很假。

「剛才那樣回答學長，感覺可以嗎？」

此時朋繪再度改變氣氛，回到剛才的話題。

「一百分滿分。不愧是古賀。」

「但我不覺得學長是在稱讚。」

朋繪滿懷不滿地鼓起臉頰。

「這是在稱讚妳啦，要相信我。」

不知為何，朋繪看過來的視線感覺愈來愈起疑。也是啦，最好別相信會說「相信我」的人。

咲太思考這種事的時候……

「朋繪學姊！」

從朋繪的後方傳來隱含惡作劇的這道聲音，某人抱了過來。

「呀啊！」

朋繪不禁尖叫。

正要返家的上班族與學生們同時看向朋繪她們。抱住朋繪的是身穿峰原高中制服的女學生，個子比朋繪高一點，及肩的頭髮髮梢往外翹。

大概是沒人有勇氣一直看著女高中生抱住女高中生的樣子，路上行人若無其事地移回視線。

只有咲太看著兩人。

「姬路同學……？」

朋繪轉身說出抱住她的女高中生名字。

此時，她終於放開朋繪。

「我正要從補習班回家。朋繪學姊剛才在打工嗎？」

咲太認識朋繪喚作「姬路同學」的這名女孩。健人單戀的峰原高中一年級學生，記得全名是姬路紗良。

「嗯，我打工下班正要回家。」

聽完朋繪的平凡回應，紗良視線移向旁邊。位於那裡的是咲太。

「啊，她是一年級的……」

察覺視線的朋繪開口要向咲太介紹。

「我是姬路紗良。」

紗良在同一時間這麼說。

「妳好。」

雖然早就認識，不過這時候假裝不認識比較好。要是被問到他認識紗良的理由，解釋起來會很麻煩。因為這是咲太在補習班當講師，和學生聊到單相思才知道的。而且考慮到健人的心情，咲太不方便說自己是從健人那裡得知名字。

「然後，這個人是……」

接著朋繪要向紗良介紹咲太。

「是梓川老師對吧？」

紗良搶先說了。

「啊，對喔，妳去的就是學長那間補習班。」

看來朋繪從紗良說的「老師」這兩個字掌握了一切。

「妳明明不是我負責的，真虧妳認識我。」

包括咲太這種兼職講師，那間補習班有很多老師，應該不會全部記得，記得也沒意義。

「因為我正在找數學老師。」

如果是這個原因，咲太也大致可以理解。說起來，這就是他得知紗良這個名字的契機。

「您認識和我同班的山田同學吧？」

「認識，畢竟是我負責的。」

「他說梓川老師教得很好，所以我改天想上您的課。」

紗良以帶點俏皮的語氣說完，淺淺一笑。她基本上個性正經，卻感覺到開得起玩笑的親切的一面。

「山田同學這麼想啊，我好驚訝。」

如果紗良變成咲太的學生，就可以一起上課……健太該不會在打這個主意吧？應該沒錯。與其說是耍小聰明，應該是純情小男生的做法……

「我可以指名老師嗎？」

紗良雙眼筆直看著咲太，視線聚焦注視咲太。她從剛才就一直這樣，忠實遵守兒時教誨「說話的時候要看著對方的眼睛」。

「如果想確實理解數學，推薦妳找雙葉老師喔。雖然她主要是教物理，不過也會教數學。如果只是想在考試拿到好成績，那麼找我也行。」

咲太直率的建言使得紗良輕聲一笑。

「梓川老師很風趣對吧？」

接著她徵詢朋繪的同意。

「與其說風趣，更應該說學長這個人很奇怪。」

朋繪說出毫不客氣的感想。

「古賀，可以不要妨礙我做生意嗎？」

「你又沒在做生意。」

朋繪搶話般反駁。咲太自認一直以來有好好經營這份工作。絕大多數學生應該都覺得不必理解數學，只要在數學考試拿到好成績就好……至少咲太是這麼想的。

紗良默默來回看著這樣的咲太與朋繪。

「對不起。看來我是電燈泡，我先走了。」

緊接著，她單方面這麼告知。

「咦？啊，等一下……！」

朋繪也來不及制止，紗良便小跑步離去。

「妳誤會了！」

咲太拚命解釋也傳不到紗良耳中。紗良很快就混入人群，消失無蹤。

「朋繪學姊，別在意。」

朋繪狠狠瞪了過來。

「要是在補習班見到姬路同學，請解開這個奇怪的誤會喔，梓川老師。」

「我記得的話。」

「要記得喔。」

「話說回來，朋繪學姊真受人仰慕耶。」

「我們今年一起擔任運動會的執行委員，所以……」

「這樣啊……」

「梓川老師，怎麼了嗎？」

「沒有啦，妳看起來不太擅長應付她。」

實際上，相較於紗良稱呼「朋繪學姊」，朋繪叫她「姬路同學」。明明對好友米山奈奈會親切地直呼為「奈奈」……

「該說不擅長應付嗎……因為我是高中才改頭換面的。」

朋繪缺乏自信般低語。

「哎，感覺她從國中時代就很吃得開。」

說不定是從更早以前。從小學時代就一直是班上的核心人物……咲太從紗良身上感覺到這種氣息。

「反正我直到國中都是土包子啦。」

朋繪露出賭氣的表情踏出腳步。不知何時，自彈自唱的男性也將吉他放進盒子收攤了。

咲太看著這一幕，追上朋繪。

「學長，你有好好當個老師吧？」

「不枉費我去年一整年努力K書。」

「畢竟你在打工的休息時間也在看書。」

「對了，妳呢？決定出路了嗎？」

之前朋繪提到東京某一所女子大學有多的推薦名額，她或許拿得到。

「我拿到指定學校的推薦名額，所以上週申請了。」

「這真是恭喜妳啊。」

「還不算錄取啊。」

「既然是指定學校的推薦就幾乎算錄取了吧？」

「好像是，但還不知道啦。」

「記得是十一月下旬公布吧？」

「學長，你好清楚。」

這是拜在補習班打工所賜。咲太的學生沒有今年的考生，但周圍總是在聊這個話題，所以自然習得相關知識。

「我很期待學長會怎麼慶祝我錄取。」

「妳想要什麼禮物？」

「咦？要送我？那麼……我要那個。」

「哪個？」

「現在月月拍廣告宣傳的耳機。」

現在剛好走到車站北側的家電量販店前面。朋繪注視著量販店入口，意思應該是要咲太在這裡買吧。要在這附近買的話，基本上應該是來這間店……咲太家裡的電器用品大多都是在這間店購買。

「那副耳機不便宜吧？」

是最新型的無線耳機。

「會到兩萬圓嗎？」

「比想像的還貴……」

「因為包含從以前到現在的賠償費。」

「哪門子的賠償費？」

「學長一直以來對我性騷擾的精神賠償費。」

聽她冷靜地這麼說，咲太有點傷腦筋。

「哎，如果這樣可以扯平，確實很便宜。」

「要不要叫你買更貴的給我呢……」

「月月的耳機就好，請放過我吧。」

「咦？真的可以嗎？」

咲太知道朋繪是開玩笑的。

「畢竟妳也幫了花楓不少。」

如今花楓已經習慣在連鎖餐廳接待客人的這份打工，不過剛開始她必須和咲太排同一時段的班才能工作。話雖如此，咲太也不能總是陪著她，所以咲太不在的時候，朋繪會盡量和花楓排在同一時段。多虧如此，花楓也很黏朋繪。

「對了，妳也早就知道月月了啊。」

「是花楓告訴我的。她經常聊到去看演唱會的經驗。不過，最近我在學校裡也經常聽到這個名字。」

「是喔……」

聽她這麼說就感覺卯月確實成了話題人物。

「她和學長念同一所大學對吧？」

聽起來話中有話。

「而且還同系，她姑且把我當朋友。」

咲太也自認是她的朋友。

「學長，你認識好多可愛的女生耶。」

語氣聽來很不是滋味。

「也包括妳喔。」

「我不是這個意思啦！」

不久前好像也有過這段對話。應該是和美織吧。記得是她沒錯。

「我要走了。」

朋繪氣沖沖地快步走下立體步道的階梯。

「我送妳一程啦。」

反正直到過橋都是走同一條路回家。

後來朋繪唸了咲太一陣子，唸完之後，咲太應付著朋繪的發問攻勢「大學好玩嗎？」、「哪裡好玩？」、「很快就交到朋友了？」，送她到半路之後回家。

2

隔天，要去大學上課的咲太出門一看，發現和香在公寓前面。她戴著帽子，稍微低著頭，背靠公寓入口的牆壁。她發現搭電梯下樓的咲太時，露出「終於來了」的表情。

從氣氛感覺不是湊巧一起出門，顯然是先來等咲太。

「麻衣小姐呢？」

咲太走近詢問。

「昨天姊姊說攝影進度落後，所以會住在東京的飯店，今天直接去大學。」

她的回應莫名消沉。

「我知道。昨晚她打過電話給我。」

主要目的是確認這週六的行程。麻衣難得整天不必工作，要求「找個地方走走」。只不過咲太從上午到下午三點要在連鎖餐廳打工，這個時段不能改，所以結論是在打工結束之後在藤澤站周邊會合。麻衣在電話裡說想看一部電影，因此大概會去有影城的鄰站辻堂站。

「既然知道就別問。」

和香這次的回應也冰冷無比……應該說單純只是無精打采。

時間是九點多，趕得上十點半開始的第二節課。

咲太不知道和香來做什麼，但他也不想錯過平常搭的那班電車，所以先踏出腳步。和香追上並走在他身旁。

兩人前往走路約十分鐘的藤澤站。由於比上班族通勤或國高中生通學的時間晚，周圍行人不多，走起來很舒適。

離開公寓走一小段路，來到回憶裡曾經和女高中生互踢屁股的公園。從公園旁邊經過，沿著平緩彎曲的坡道往下走。

和香默默走了好一陣子。

「我想拜託你一件事。」

不過走在這條坡道時，她唐突地開口。

「麻衣小姐的事就交給我吧。我們會建立幸福的家庭。」

「休想要我拜託這種事。」

這次她以消沉的心情宣洩不滿。

「不然是什麼事？月月嗎？」

「……」

咲太切入重點，和香只在瞬間語塞。

「對，是卯月的事。」

但她立刻以平靜語氣承認。

「昨天，有一場舞蹈的排練。」

「甜蜜子彈」的舞蹈排練……她說的是這個意思。

「所以呢？」

「其他成員要工作所以沒來，只有我與卯月兩個人……」

說到這裡，和香像是想起什麼事情般停頓了一下。

「話說我有提過嗎？下週末連續兩天有演唱會。」

「我聽花楓說了。」

星期六是集結偶像團體的聯合演唱會；星期日好像是在八景島舉辦的戶外音樂活動。

花楓兩場都想去看，不過星期六因為朋友鹿野琴美不方便而放棄。花楓說星期日會和琴美一起去，從現在就在期待。

「每次都這樣，明明只要說一聲，我就可以送你們公關票……」

「花楓是月月的粉絲，所以貼心地買票進場喔。」

「你們這麼做，我還挺受傷的。」

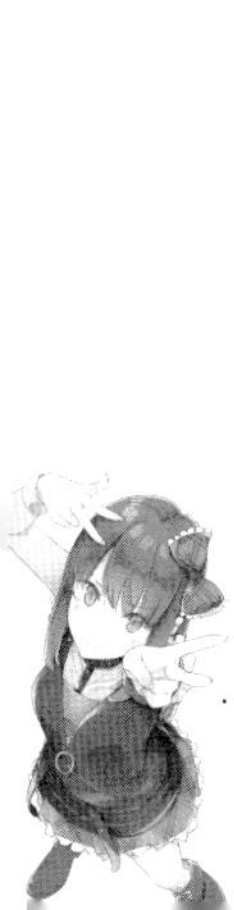

不知為何，和香以視線責備咲太。

「所以那場排練發生了什麼事嗎？」

咲太不以為意地回到正題。和香似乎還是有所不滿，但她重新面向前方。

「與其說難得，不如說應該是第一次……卯月被舞蹈老師罵了一頓。」

「為什麼？」

「好像是排練的時候動作沒到位，心不在焉……」

「然後呢？」

「我畢竟有點在意，就問她：『卯月，妳還好嗎？』」

「然後？」

「她說『我沒事，抱歉，我挨罵了』，努力裝出笑容掩飾。」

和香說得平淡，反而顯示事情有多麼嚴重。

「原來如此……病得真重。」

「對吧？卯月以前明明什麼都會說……」

自言自語般呢喃的和香側臉看起來有點寂寞。

「所以妳才這麼消沉啊。」

說起來，從剛才在公寓前方見面時，和香的心情就一直很低落。看來這就是原因。

「最近我摸不透卯月。」
「以前就摸得透嗎？」
這就某方面來說是了不起的天分。
「……以前也摸不透，但我不是這個意思。」
「我知道。」
以前卯月的言行無法預測，所以摸不透她。
不過現在卯月是以自己的意志隱藏想法，所以摸不透。即使一樣是「摸不透」，意思也大不相同，差別大得可以說完全相反。
「網路上也在傳卯月要從甜蜜子彈畢業。」
「是嗎？」
咲太第一次聽到。
停下來等紅綠燈時，和香從包包取出手機，不斷以指尖操作之後，將畫面朝向咲太。
上面顯示的是偶像情報統整網站。
雖然沒有註明情報來源，不過「廣川卯月即將畢業？」或「月月確定單飛出道！」等報導挑弄著敏感神經。
「受到那部廣告的影響，經紀公司也忙得一團亂……就算去問總經紀人，他也說『現在要專

心準備下一場演唱會』。」

「聽起來像在暗示有些不能說的祕密。」

「對吧？」

「發生這種事，廣川排練的時候又是那種態度嗎……」

心不在焉。那麼她的心在哪裡？畢業？單飛出道？還是完全不一樣的某處？

和香注視紅燈的眼神很認真，表情看起來並不是對於卯月的去留毫無感覺……看她眼睛深處帶點落寞，應該是因為卯月什麼都不肯對她說。

無論傳聞的真相為何，只要聽到卯月親口說，和香應該都會接受。她心情上想為卯月加油打氣，卻也因為這樣，卯月以裝出來的笑容回應……營造出不能再進一步打聽的氣氛之後，和香也不知道該如何是好。

「所以妳要拜託我什麼？」

「卯月遭遇困難的話要幫她。」

和香毫不害臊，率直地將心情化為言語。

「這樣就好？」

「我可不會拜託你去找她問清楚各種事。」

「意思是要我去問清楚？」

「絕對不是。」

和香一臉認真生氣的表情狠狠瞪過來，以眼神警告咲太不要亂來。要是繼續開玩笑，感覺至少會挨她一腳。既然知道就不必討皮肉痛。

綠燈亮起，咲太像是要逃離和香嚇人的視線，踏出腳步。

「我剛才說的，你聽進去了嗎？」

「如果我做得到就會去做，做不到的事情就做不到，所以別太期待啊。」

「嗯，拜託了。」

和香稍微放鬆肩膀，臉上終於綻放笑容。

走到藤澤站，咲太與和香搭乘東海道線，首先來到橫濱站。上行電車即使在這個有點晚的時段依然相當擁擠。

所以沒能聊什麼像樣的話題，彼此都安分地搭電車。

在橫濱站轉搭京急線，由於這次是下行電車，電車內的氣氛頓時變得平穩。

開往三崎口的特快車跳過普通電車停靠的各站，不斷疾馳。

咲太與和香抓住吊環隨著電車晃動，聊著下個月初就是大學校慶，好像要舉辦校花校草選拔賽的話題打發時間。

「明明有麻衣小姐卻要選校花，簡直是地獄吧？」

「校草選拔賽好像可以自薦，你要不要報名？」

「如果比現在更受歡迎，我會很為難，就免了。」

聊著聊著，電車抵達大學所在的金澤八景站。

等車門開啟之後，咲太跟在和香後面下車。

走到月臺時，他察覺視野一角有認識的背影。

車廂互連通道的另一頭。

前一節車廂。

卯月站在沒開啟的那一側車門旁。

車門玻璃映著她空洞的側臉。

月臺響起告知發車的鈴聲。

咲太以此為信號，衝進剛走出來的電車。

「咲太……？」

察覺的和香轉頭看向咲太，眼神充滿驚訝與疑問。

然而咲太還沒說明理由，車門就關上了。咲太不得已只好指向前一節車廂。

和香即使露出愈來愈摸不著頭緒的表情，還是看向前一節車廂。這麼一來，和香應該也會發現卯月在車上。但是咲太還沒確認，電車就已經留下和香起步了。

這種時候有手機就會很方便，可惜咲太沒有。

無法聯絡和香，咲太只能死心，坐在空位。

檢視車門上方的路線圖，特快車停靠的車站是追濱站、汐入站、橫須賀中央站，接下來停靠在堀之內站，併入久里濱線，然後直到終點站的各站都會停車。

卯月到底要去哪裡？

她現在也以肩膀靠在下一節車廂的車門上，呆呆看著車外的景色，氣氛不像是單純坐過站。

結果卯月沒在中途停靠的車站下車。

從金澤八景站出發約三十分鐘，電車抵達終點三崎口站。

咲太一度想過去向卯月搭話，但他想確認卯月打算做什麼，所以刻意放任她。

車門一開，零星的乘客依序下車。坐在咲太正前方的男性將網架上的釣竿盒拿下來，揹起保冷箱說聲「好」提起幹勁。

即使大家都下車了，卯月也沒動。

是要直接折返去大學上課嗎？

才這麼想，卯月就像是慢半拍察覺這裡是終點站，環視周圍一次……一副「總之先下車」的

感覺走到月臺。

咲太確認之後，也下車走到月臺。

卯月的背影在前方約五公尺處。

畢竟繼續跟蹤感覺很噁心，客觀來看，咲太是跟在女大學生偶像身後的可疑人物，所以咲太決定上前搭話。

「月月，今天蹺課嗎？」

卯月肩膀一顫，接著露出疑惑的表情轉身，看見咲太之後吃了一驚。即使如此，她也沒問咲太為什麼在這裡。或許她以自己的方式猜到了原因，也或許是這種事一點都不重要。

「今天，該怎麼說……我想要尋找自我。」

卯月半開玩笑地這麼說，露出笑容。不過聽起來一點都不像是玩笑話。

「在三崎口找得到嗎？」

「不知道。這裡有什麼東西？」

「有名的應該是鮪魚吧。」

咲太說著看向車站看板。不是「三崎口」，而是加上兩個片假名變成「三崎鮪魚（註：三崎マグロ）」，這裡就是這麼主打鮪魚產品。

「那麼，反正肚子餓了，就一邊吃鮪魚一邊想吧。」

現在時刻來到十一點。雖然有點早，不過差不多要到午餐時間了。

3

在三崎口站下車約一個半小時之後……不知為何，咲太正在追著卯月的屁股跑。以彈性窄管褲包覆的緊實臀部。正確來說是卯月在騎腳踏車，咲太也騎腳踏車追著她的屁股後面跑……

到現在騎了三十分鐘以上。

究竟為什麼會變成這樣？

直到走出三崎口站的驗票閘口都沒有任何問題。

站前是空蕩蕩的圓環，頭上也是秋高氣爽的遼闊藍天。看不見高聳的建築物，毫無遮蔽的景色。

平穩祥和，時間悠然流逝，令人覺得脫離了日常生活。

想找的鮪魚餐點也因為兩人發現圓環另一頭插著寫了「鮪魚」的長條旗而得以早早享用。

是一間晚上賣酒，中午主要提供定食的居酒屋。

麻雀雖小，五臟俱全的氣氛使得心情莫名平靜。

咲太與卯月在店裡點了三色鮪魚丼。擺上大目鮪魚紅肉、藍鰭鮪魚大腹肉與蔥花黑鮪魚泥的豪華蓋飯，加上味噌湯與醬菜只要一千三百圓，非常划算。不愧是鄰近三崎港，新鮮又便宜。

以咲太的立場，甚至吃完這碗蓋飯就可以滿足地踏上歸途。可惜卯月在尋找的「自我」好像不在三色鮪魚丼裡。

兩人結帳之後離開店家。

「接下來要做什麼？」

反正也沒什麼計畫。咲太如此猜想，所以沒期待卯月回應。

「租腳踏車來騎吧！」

不過卯月如此高聲宣言。

「這東西要去哪裡租？」

「驗票閘口外面的觀光導覽所。」

看來卯月是在咲太呆呆仰望天空的時候眼尖發現的。

回到驗票閘口，確實看到在一旁觀光導覽所的玻璃門上貼著寫了「腳踏車出租」的紙。

「說到尋找自我，果然就是要騎腳踏車吧？」

「我覺得沒什麼人會租腳踏車去找喔。」

卯月沒將咲太的建言聽進去，說著「不好意思～～」進入觀光導覽所。

聽完負責人的親切介紹，辦理租車手續，請教推薦的騎車路線，還獲得三浦半島周邊的單車漫遊地圖。

就這樣騎腳踏車出發到現在約三十分鐘。不，應該已經將近一小時了。

剛開始也有一些車輛行駛而過，騎在路上可看見零零星星像是民宅或倉庫的建築物，但如今看向兩側都只有農田，前方也是連綿的農田。

完全沒有行人。

只有偶爾看得見田裡務農的人影。

「這是什麼的葉子啊？」

騎在前面的卯月扯開嗓門問了。

「是蘿蔔。三浦蘿蔔。」

由於還在成長，只有翠綠的葉子布滿農田。不過仔細看會發現小小的蘿蔔微微露出又細又白的頭。

「大哥好清楚耶。」

「因為我國小遠足的時候來看過蘿蔔田。」

沒想到會在這種地方展現當時的知識。

「話說，月月。」

「幹嘛～～？」

「我們現在騎到哪裡了？」

「不知道～～」

傳回來的是漫不經心的聲音。

「我們要騎到哪裡？」

「海邊～～！」

真是簡潔的回答。

「怎麼不看地圖？」

「導覽所的人說不可以一邊騎一邊看。」

「說得也是……」

如今說什麼都沒用了。不過今天的卯月感覺像是咲太熟悉的那個卯月，就某方面來說有種莫名的安心感。

而且即使變成最壞的狀況迷路，靠著卯月的智慧型手機的ＧＰＳ，應該回得去吧。由於騎了很久，只有體力比較令人擔心，不過租借的腳踏車附帶電動輔助功能，騎上坡也不會太累，相當舒適。

「大哥，很舒服對吧！」

最重要的是如同卯月所說，租腳踏車進行的三浦半島之旅非常舒服。風好涼，天好藍，空氣也乾燥得恰到好處。

以幾乎包場的狀態騎在周圍都是蘿蔔田的道路真是爽快。

「好悠閒耶～～」

「妳說豐濱怎麼了～～？」

「我不是在說和香啦～～」（註：日文中「悠閒」與「和香」同音）

騎著腳踏車的卯月愉快地笑，秋風送來她的笑聲。

「對了～～」

「嗯～～？」

「月月，妳為什麼會選我這個學系？」

咲太之前就曾想問這個問題，不過至今一直沒機會問。

應該還有其他選擇。說真的，跟和香一起選國際人文學系比較好吧？也可以選美織就讀的國際商學系吧？

「大哥，你為什麼會選統計科學系呢～～？」

卯月回以相同的問題。

「因為競爭率好像比較低。」

「那麼，我也是～～」

「這是怎樣？」

「大哥說謊，所以我也不告訴你～～」

卯月好像很開心地再度笑了。個性與氣息真的是以前卯月的感覺，不過她依然確實地在看氣氛，正確掌握對方的心情以及話語背後的含意。

「我可沒說謊喔。」

「但也沒有說真話吧？」

「……」

咲太不知該如何回應，因為她說得沒錯。

「啊，海！」

卯月說著「你看你看！」轉過頭來，單手放開腳踏車龍頭喊著「前面！前面！」並往前指。

「很危險，看前面啦，前面。」

咲太回應之後，卯月放慢車速，就這麼緩緩停下。

這裡是平緩斜坡的頂端。

咲太也將腳踏車停在她旁邊，放下腳架下車。

「休息一下～～」

卯月「嗯～～」地伸了懶腰。騎腳踏車的時候背脊總是打直，所以身體僵硬。為了放鬆肌肉，卯月就這麼熟練地站著做伸展操。前屈到額頭貼住膝蓋，然後扭動身體，大幅向後仰，屈伸雙腿，甚至抬腿表演Y字平衡。

她下半身是穿窄管褲，所以身體曲線畢露，不過她的線條是健康型，一點都不會令人想入非非。周圍的環境也非常不適合遐想。

做伸展操的女大學生偶像、藍天、大海、蘿蔔田。

咲太將這個不可思議的組合納入視野，拿出剛才在路邊自動販賣機買的寶特瓶茶潤喉。他找過麻衣廣告代言的商品，但今天沒找到也沒辦法。

「大哥，我要喝一口。」

「這樣是間接接吻喔。」

咲太遞出寶特瓶，卯月隨即將伸出來的手縮回去。

「還是喝我自己的好了。」

卯月拿出剛才一起在自動販賣機買的寶特瓶水，一口一口地喝。

咲太不經意看著這樣的卯月。

「和香說了什麼嗎？」

卯月就這麼看著別處詢問咲太。

「嗯～～？」

咲太裝傻，卯月隨即輕輕一笑，大概是咲太的回應正如預測。她的雙眼看著穿過蘿蔔田中央的道路前方……遙遠天空下的遼闊大海。

海風止息。

蘿蔔葉微微舞動。

薄薄的雲朵在天空飄動。

幾乎無聲的時間緩緩流逝。

「大哥……」

「嗯？」

咲太嘴巴湊到寶特瓶口，簡短地回應。

「你覺得偶像可以當到幾歲？」

「月月妳會當一輩子吧？」

咲太放下寶特瓶，蓋好。

「之前我確實這麼說過。」

「現在不是嗎？」

「不知道。」

說完輕聲一笑的卯月一直看著海。

「怎麼突然這樣問？」

「昨天大學朋友問了我。」

「問什麼？」

「『偶像這種工作，妳要做到什麼時候？』這樣。」

「所以妳才想到這個疑問？」

「不，我想到的是另一件事。」

「哪件事？」

「希望她不要因為跟男朋友吵架就把氣出在我身上。」

「妳還真狠啊。」

聽她講得這麼毒辣，咲太忍不住笑了。以往的卯月絕對不會講這種話，因為不會察覺別人的這種情緒。

「雖然平常不會說出口，不過大家肯定都是這麼想的。」

居然在做偶像這種工作。

「大家都想成就某些事喔。」

咲太也看向大海，自顧自地輕聲說。

「某些事是什麼事？」
「能夠驕傲地對別人說『這就是我』的事。」
「……」
「對妳來說，能與歌唱及偶像事業相抗衡的事。」
不只如此，還能讓別人懷抱憧憬的事。
能向他人炫耀的事。
咲太認為大家都想成為這樣的人。
「……」
卯月沒插嘴，就這麼看著海，只以耳朵聆聽。
「不過大家還沒成為這樣的人，所以看到妳上電視、當偶像……覺得這樣的妳很耀眼。」
而且，大家沒有從容又堅強到可以老實承認這一點，才會轉換成「偶像這種工作，妳要做到什麼時候？」這句話來宣洩煩悶，說出酸溜溜的話語挖苦。這都是為了保護還沒成就任何事業的自己。
只不過是任何人都擁有的本能，類似防衛機制的行為。
「哎～～不過我朋友說的很中肯耶。」
卯月像在閃躲咲太這番話，朝著無人的景色露出笑容。

「因為不可能一輩子當偶像。」

「是喔……」

「居然是這種反應，一般來說，這時候不是會鼓勵對方『沒那回事』嗎？」

「妳希望我鼓勵妳嗎？」

「感覺現在聽大哥這麼說，我會不高興。」

「既然這樣，早知道我就說了。」

「為什麼？」

「這樣的話，失去冷靜的月月說不定就會對我說出真心話。」

真的就像是朋友把氣出在卯月身上那樣……

「……大哥，你很壞心眼耶。」

「也沒那麼壞啦。」

「假裝壞心眼的技術太好，感覺我會不小心多嘴說出某些事。」

「比如說？」

「我想想……像是武道館很遠之類的。」

沒有在對誰說，甚至不像是自己說出的話語……卯月的聲音輕盈地隨風而去。不過正因如此，感覺這是卯月的真心話。

因為卯月只能以這種方式說出口的這句話，隱含無法言喻的惆悵……

咲太察覺其中的真面目，理解了。理解卯月為什麼事到如今才非得尋找「自我」……

恐怕是卯月認為做不到。

無法前往那個場所。

無法抵達那個地方……

無法和一起努力至今的同伴站上夢想的地方。

卯月認為不可能。她察覺了。

所以她來尋找某種東西，為了不去正視這個事實……

「月月，手機借我。」

「為什麼？」

即使回以疑問，卯月依然說著「給你」遞出手機。

咲太首先開啟電車轉乘資訊的應用程式。不用說也知道他查了什麼。

「意外地近喔。從三崎口站搭電車不用兩小時就會到。」

「到哪裡？」

「當然是武道館。」

「……」

卯月的身體像是產生抗拒反應般僵住。

不過僵住的時間沒有很久。

卯月為難似的露出笑容。

「……大哥果然壞心眼。」

她這麼說了。

咲太將手機還給卯月，跨上腳踏車，抓穩龍頭，向卯月示意準備妥當。

「騎腳踏車漫遊很開心，不過月月的自我可沒有掉在這裡喔。」

「是嗎～～」

卯月的聲音聽起來並沒有接受咲太這個說法，但她還是跨上了腳踏車。

「不過啊，大哥……」

「嗯？」

「首先得從這裡騎回車站才行。」

對不知道現在騎到哪裡的咲太與卯月來說，這是當下最大的問題。

4

「遠得出乎意料耶……」

出發吧，前往武道館。

從下定這個決心算起超過三小時的旅程結束之後，咲太帶著些許後悔的念頭輕聲呢喃。舟車勞頓使得身體各處發疼、哀號。原因果然是騎腳踏車的路程，回到三崎口車站消耗的時間與體力比預料的多。

「我不就說了很遠嗎……」

身旁的卯月露出苦笑。平常就在上激烈舞蹈課的卯月看起來沒有很累。

被路燈照亮的表情依然保有活力。

秋意漸濃的這個季節，天空到了下午六點就會完全變暗。

在路燈的微光中，日本武道館展現莊嚴穩重的存在感。

入口正前方是遼闊的空間，只要起風，開始褪色的樹葉就會頓時沙沙作響。

說來神奇，咲太覺得周邊的空氣清新純淨。

很像是踏入神社境內的感覺。這個場所洋溢著靜謐又稍微緊繃的氣氛。

大概是今天沒舉行任何活動，周邊籠罩著寂靜。

可以看見穿越腹地的零星人影，不過只有咲太與卯月仰望這座大型建築物，若有所思地佇立在原地。

「所以有什麼感想？」

「……」

卯月雙手在背後輕輕交握，注視著夢想的場所。不發一語，好一段時間只有不斷眨眼。咲太不知道那張側臉在想什麼，所以默默等待卯月開口。

「大哥。」

「嗯？」

「你知道一年有幾組偶像團體站上這個舞台嗎？」

「不知道。」

咲太不知道這種事，也沒想過要調查這種事。頂多只是不經意聽別人說過，這裡是偶像跟音樂人設下的目標。原本應該正如其名，不是用來舉辦演唱會的會場。

「首度站上這裡的團體，一年最多五組，也有幾年連一組都沒有。」

「……這樣啊。」

咲太嘴裡這麼回應，至於這樣算多還是算少……咲太沒有真實感受。不過卯月的遣詞用字傳達給咲太一個事實，只有非常有限的少數團體被允許站上這個舞台。

「聽說啊，日本現在有幾千個團體。」

卯月置身事外般說了。

「是不是都認真想站上武道館就不得而知了……」

一年只有數千組中的五組。確實很少，非常少。

「妳現在排第幾？」

「甜蜜子彈大概是第三十名左右吧。」

「來到很不錯的名次了。」

這數字令咲太老實地這麼覺得。

「差多了。」

不過，卯月的語氣一點都不高興。

「是嗎？」

雖然不知道名次是否會前進，不過「第三十名」聽起來是讓人覺得有機會的數字。即使如此，卯月的態度也完全相反。

「上電視被大家認識，走在路上也已經有人會來打招呼……但是我們頂多只能填滿兩千人的會場……」

卯月目不轉睛地注視著武道館。

「這裡要叫幾千人過來才行？」

「一萬人。」

卯月過於自然地說出這個數字。說得理所當然。

一萬減兩千等於八千。

咲太不知道這八千人的差距是何等鴻溝，他只知道一件更單純的事。

「這是從一開始就知道的吧？」

「……嗯，從一開始就知道，決定以這裡為目標時就知道。明明早就知道，我現在卻不知道了。」

卯月視線向下，看著約三公尺前方的地面。

「這裡……真的是我想來的場所嗎？」

「……」

咲太無法回答。這是只有卯月知道的事，也是卯月應該再度由自己決定的事。

「以前明明不會煩惱這種問題……」

「既然這樣，不會看氣氛比較好嗎？」

咲太突然這麼問，卯月沒做出明顯的反應，就只是看著下方，明顯搖了搖頭……

咲太因而確定了。

卯月早就察覺自己的變化……

咲太不知道她是從什麼時候，從幾月幾日幾點幾分察覺的，但是可以確定她在這個時間點理解了自己的變化。

「我很慶幸學會怎麼察言觀色喔。因為不管怎麼說，我已經聽得懂大哥的調侃了。」

卯月看氣氛開著這樣的玩笑。

「而且也聽得懂朋友怎麼酸妳了。」

「就是這個，大哥都是這樣調侃我。」

卯月看向咲太，說著「感覺好差」笑了。

「因為我意外地壞心眼，得回應妳的期待。」

卯月對此回以苦笑。

「學會這種事，也聽懂大學朋友所說『卯月真厲害』的意思之後……我開始在意一直以來各種人對我說的各種話。」

卯月抬起頭看向遠方某處。她的面前是武道館，不過感覺她看的是越過武道館的另一頭。

不，或許她沒在看任何地方。

「我的腦中有大家，每個人說著不同的事……一一聽他們說完之後，我開始搞不懂什麼才是自我。」

卯月說到這裡，自嘲般笑了。這應該也是以前卯月沒有的表情。

「……」

咲太不發一語。

「對不起。」

卯月說著微微笑了。

「大哥一副『搞不懂這傢伙在說什麼』的表情耶。」

她誇張地一笑，想含糊帶過剛才說的那番話。

「我懂。」

但是咲太不准她含糊帶過。

「……」

「我懂妳在說什麼。」

「真的？」

這是疑惑的眼神，也帶著一點點驚訝。

「知道他人的心情之後，自己的心情也會改變。」

咲太也有這種經驗。

看到最喜歡的麻衣哭泣，意志便不再堅定。

得知「翔子小姐」的想法之後，便無法壓抑內心的激動。

對咲太來說，兩者無疑都是真正的心情。

即使是百般思考後得到的答案，也會因為一個契機而改變。

和他人交集，自己就會改變。

和他人接觸，就會發現新的自己。

「『自己』的定義意外模糊，所以不可能知道怎樣才是真正的自己。」

「或許吧……」

到了現在這個時代，他人的想法或心情只要以一支智慧型手機就會不分青紅皂白地傳送過來。即使不想看，這個世界也充滿資訊，會下意識被某種事物影響。

不想知道或不想看見的事情，一旦知道或看見就太遲了。

再也無法回到那個不知道的自己。

因為知道的自己是現在的自己。

今後只能和這樣的自己打交道。

突然能察言觀色的卯月大概是一口氣被灌輸了大量的他人情感跟情報吧。明明以往沒察覺，如今卻聽得懂朋友的調侃、理解朋友的挖苦，也得知真心話與表面話的差別，得知話語有表裡兩面。善用這些工具的世間看起來絕不算美麗。

即使如此，卯月還是說很慶幸學會察言觀色。她巧妙地運用真心話與表面話……露出笑容。

「現在的我罹患了思春期症候群嗎？」

卯月看著咲太，明確地詢問。雖然問得突然，但咲太回答的時候毫不猶豫。

「應該吧。」

「那麼等到痊癒，我就不會看氣氛了嗎？」

「應該吧。」

「事到如今再走回頭路不好受耶。」

咲太並不是無法理解卯月這麼說的心情。

——原來，大家之前也是那樣笑我的。

這句話闡明了一切。

她應該不想回到一無所知地被嘲笑的自己吧。所以在那天之後，卯月在大學依然和朋友們看似愉快地聊天，一起吃午餐，享受著學會如何看氣氛之後獲得的平凡生活。但她對這樣的自己抱持疑問，然後今天蹺課沒去上學，來到這裡。

「大哥覺得哪一種我比較好？」

「我覺得哪一種都好。」

「不是『哪一種都沒差』的意思吧？」

「我覺得哪一種都好。」

咲太再度說出一樣的話，稍微強調了「都好」兩個字。

卯月對此微微笑了。

「我個人覺得會看氣氛比較好，這樣和大哥聊天比較有趣。」

「以往都讓妳感覺無趣，真抱歉啊。」

「還能進行這種饒富機智的對話。」

就像在體現自己這番話，卯月看起來真的很開心。對咲太來說，這當然不會讓他不悅。只有懂得看氣氛的卯月才能和咲太進行這樣的互動，咲太也覺得很開心。

「所以說，和大哥聊過之後，我內心稍微變舒坦了。」

卯月舒服似的伸了一個懶腰。

其實明明一點都沒有變舒坦才對……

「大哥陪了我一整天，謝謝您。」

卯月刻意使用敬語鞠躬道謝。

她抬起頭，有點害羞地露出甜甜的微笑。

這是咲太至今看過最漂亮的假笑。

「……」

既然看見這樣的笑容，就無法放任不管。

「大哥？怎麼了嗎？」

卯月假裝一無所知地這麼問。

到頭來，即使今天共度一整天，咲太還是覺得連一步都沒走近卯月真正的內心。

卯月今天特地前往三崎口是要尋找什麼？

特地來到武道館是想找出什麼？咲太不知道。

卯月真的是在尋找自我嗎？咲太連這都不知道。

不過，卯月不是想逃避現實。她現在位於這裡就證明了這一點。正常來想，這裡應該是她最不想來的地方。

咲太像這樣思考的時候，小小的振動聲闖入思緒。

是卯月的手機。

卯月從包包取出手機，視線落在畫面上。

「是和香。」

卯月看向咲太的眼睛，露出「糟了」的表情，然後將手機抵在耳際。

「喂～～？」

她以開朗的態度接電話。

「和香，對不起～～現在是排練時間對吧？」

看來今天也要為了週末的演唱會排練。

「現在？嗯～～已經在東京了，我現在就趕去練舞室。」

大概是被問到人在哪裡吧。卯月終究不敢說她在「武道館」。

「大概三十分鐘吧？嗯……咦？啊，嗯，在喔。等一下。」

一連串的對話結束之後，卯月將手機遞給咲太。

「嗯？」

「和香要你接電話。」

「……」

咲太默默接過手機。感覺會被唸個幾句，不過對咲太來說，和香這通電話來得正好。因為在這裡和卯月聊過之後，他有事要拜託和香。

「豐濱？我想問一下。」

咲太先強行發問。

『啊？想問問題的是我啦。』

「星期六的演唱會，還拿得到票嗎？」

咲太無視和香的抗議，接著這麼說。

『那天你要和姊姊出去吧？』

看來她已經聽說了。

「我們那天約會就是要去看演唱會啦。」

接下來才要和麻衣商量這件事……但她應該不會拒絕。

『……等我一下。』

和香留下這句話，她的氣息便從電話那頭消失。聽得到細微的說話聲，或許是在向某人確定某些事。

『可以用公關票邀請兩個人。』

經過大約二十秒的沉默，傳來令人滿意的回應。

「那幫我保留兩張票。」

『是可以啦，不過意思是……卯月哪裡不太妙嗎？』

電話那頭的聲音變小。

「不知道。」

咲太並不是認為演唱會將會發生什麼事。

卯月變得擅長隱藏真心話，咲太果然摸不透，所以他想去演唱會看看。

「總之拜託了。」

『知道了。再聯絡。』

和香說完便結束通話。

咲太轉身要歸還手機，發現卯月在仰望夜空高掛的月亮。雖然缺了一點點，卻圓得幾乎可以說是滿月。

「月亮上沒有兔子對吧？」

她輕聲說。

「那裡沒有食物與空氣，所以沒兔子比較好吧。」

咲太遞出手機，卯月回應「一點都不浪漫耶～～」笑著收下。

第四章

偶像之歌

1

結束連鎖餐廳打工的咲太走到店外，發現天空雲層密布。大概是週一在小笠原群島外海形成颱風的影響吧。目前颱風維持強度持續北上，不過依照氣象預報，接近到日本列島的時候就會變成溫帶低氣壓，在下週經過關東地區南方外海。也就是應該不會造成太大的影響。

然而並不是完全沒影響，明明十月已經過了一半，潮溼的風卻帶回夏季氣息。

今天是期盼已久和麻衣一起出門的日子，卻不是最適合約會的好天氣。

時間是下午三點十分。約定的時間是五分鐘後的三點十五分。

麻衣指定會合的地點是咲太打工的連鎖餐廳前面，因此咲太走出餐廳的瞬間就到了。

咲太看著麻衣等等會走過來的車站方向，離開餐廳門口到馬路這邊等。

快到約定的三點十五分了，卻遲遲沒有麻衣要現身的徵兆。嚴守時間的麻衣快要遲到是挺稀奇的事。應該說看起來還沒有像是麻衣的人影走過來，所以別說快要，這樣下去真的會遲到。

要請她提供什麼福利當補償呢？

咲太滿懷期待定睛看著車站的方向，此時一輛車從對向行駛過來，剛好停在咲太的旁邊。

「……？」

這距離像是來接人。咲太感到疑問，看向停下來的車子。

車身是白色，車窗外框到車頂統一漆成黑色的雙色車款。懸吊系統與後照鏡也是黑色，圓眼外型有點像熊貓。

這是德國車廠製造的迷你車種，時尚外型廣受歡迎，在街上也常常看見。是包括後行李箱門，共五門的款式。

這輛車的車門開啟，某人從駕駛座下車。

「上車。」

隔著車子在另一邊這麼說的人，不管怎麼看都是麻衣。

「那個……麻衣小姐？」

不知道該從哪裡吐槽比較好。

「先別問，快點。」

麻衣不等咲太回應就坐回駕駛座。

咲太想問很多問題，但也因為麻衣在催，他便先坐進副駕駛座。車內空間滿大的。

「上車了。」

「安全帶。」

「繫好了。」

「那麼出發吧。」

麻衣握著方向盤確認後方。等待一輛車經過之後打方向燈，慎重地踩下油門。

車子靜靜起步。平穩加速的車逐漸遠離連鎖餐廳，沒多久就連餐廳屋頂也看不見了。

直走看到個別指導補習班所在的大樓，車子也是瞬間就從前面經過。咲太轉頭向後的時候已經看不見大樓了。

熟練地打著方向盤的麻衣映入咲太的視野。她戴著平光眼鏡，輕柔束起的長髮垂在身體前方，若隱若現的後頸好迷人。

「那個～～麻衣小姐？」

「什麼事？」

麻衣就這麼看著前方。

「這是什麼？」

「車子。你不知道嗎？」

咲太當然知道。

「這是買的吧？」

咲太不是發問，而是在確認。考慮到麻衣是「櫻島麻衣」，買一輛車子算不了什麼，因為她高中時連房子都買了……相較之下，買車反倒算是小開銷吧。

「暑假前就買了。在那之後我去拍戲不在家，所以請他們等到現在才交車。」

「駕照呢？」

「那還用說，當然去考了。」

否則會是無照駕駛。

車子在剛過藤澤站的路口被紅燈擋下，麻衣從包包取出錢包，說著「你看」亮出駕照。

姓名欄位上寫著「櫻島麻衣」，住址也是在藤澤市。貨真價實的駕照。當然也附上了確認本人用的照片。這種大頭照一般來說都會拍得很悲劇，但照片上的麻衣完全是「櫻島麻衣」所以令人吃驚。

這麼說來，麻衣的學生證照片也是「櫻島麻衣」。是有什麼拍照訣竅嗎？還是天生麗質的差異？大概兩者皆是，所以咲太決定不問。反正學生證照片即使是死魚眼也沒什麼問題。只要拿出來大概都會被大家笑，能為世界貢獻笑容是再好不過。

「可是，是什麼時候考的？」

「去年拍晨間連續劇的時候，我抽空報名了駕訓班。」

是從去年秋天到今年春天的這段期間。

「如果有這種時間，真希望可以用來和我約會。」

「是誰因為考大學，看起來很忙的啊？」
講得好像是咲太的錯。
「因為你不理我，我才會去考駕照解悶。」
麻衣學開車的這段期間也確實擔任咲太的家庭教師，所以咲太很驚訝。
「唉……」
「那聲嘆息是怎樣？」
「等打工存夠錢，我也想報名駕訓班耶……」
「那就去報啊。」
「好想偷偷考到駕照，然後開車邀麻衣小姐兜風約會耶……」
咲太認為如果是開車行動，會比較方便和家喻戶曉的麻衣共度時光。即使麻衣再怎麼擅長低調行動，最近經紀公司那邊也很在意，所以麻衣大多是由經紀人開車載她行動。
「我這不就偷偷考到駕照，然後開車邀你兜風約會了？」
麻衣調皮地笑了。
「麻衣小姐是想和我約會才去考駕照嗎？」
「是啊。因為開車比較方便光明正大地出門。」
「不是因為拍戲需要？」

「這也是原因之一。」

「果然。」

「不要老是抱怨，幫我設定導航。」

「要去哪裡？」

「台場。要去看演唱會對吧？」

咲太設定導航之後，麻衣像是要為和香助陣，開始在車上播放甜蜜子彈的歌曲。

2

麻衣開車前往演唱會會場的途中稍微繞路去了其他地方，加上多少遇到塞車，在太陽逐漸西下的下午五點多抵達台場。

一路上，麻衣問到「話說，咲太，聽說你和廣川約會？」的時候，咲太嚇出一身冷汗，不過在密閉的車內和麻衣兩人共處的時間是全新體驗，咲太只覺得非常愉快。

「只是去了三崎口，吃了鮪魚，騎腳踏車穿越蘿蔔田而已。」

「這不是約會，什麼才是約會？」

咲太嘴裡這麼解釋，內心也覺得「這算是約會吧……」，所以後來專心致力於改變話題。

在人車擁擠的台場，好不容易找到還有空位的停車場停好車是下午五點半的事。

走出立體停車場的時候已經五點四十分了。

演唱會預定下午六點開始。現在應該已經開放進場，場內滿是等待心目中偶像的粉絲。

但是咲太與麻衣不慌不忙，悠閒地走在柏油路上。

為了避人耳目，他們本來就打算在即將開演的時候進場。雖然路上意外塞車，卻反而可說是在預定時間抵達。

加上今天是星期六，台場熙熙攘攘熱鬧無比。遊客整體的年齡層偏低，感覺大多是二十到三十幾歲，此外也可以看到許多來自國外的觀光客。

走在咲太身旁的麻衣不只是平光眼鏡，現在還戴上帽子與口罩。剛才在車上是可愛的毛衣打扮，如今披上了寬鬆的外套，像是要隱藏女性稱羨的苗條身材。這是為了讓面容與身形都不再是大家熟悉的「櫻島麻衣」。不過大概是考慮到要開車，所以下半身穿著窄管褲，修長的雙腿引人注目，寬鬆的外套也更具凸顯效果。而且即使在這個狀態下也看得出是美女，這就是麻衣了不起的地方。

穿越人多的路口時，麻衣悄悄摟住咲太的手臂，輕輕抓著他的手肘上緣。

「這是避免你走失。」

「我沒帶手機，所以真的不要放開我喔。」
人多到要避開路口對面走過來的行人都有點辛苦，要是在這樣的人群中和麻衣走散就完了。
「咲太，你來過台場嗎？」
「第一次喔。畢竟沒事需要過來。」
所以也不清楚演唱會會場在哪裡。
麻衣毫不猶豫地前進，咲太只是跟著她走。
「麻衣小姐常來嗎？」
附近也有電視台，所以對麻衣來說，這裡應該是熟悉的街景。
「不常，但是偶爾會來，大多是來工作。」
終於看到巨大的商業設施出現在正前方。入口廣場矗立著可能高達二十公尺的機器人迎接咲太。機器人各處發出紅光，咲太不禁仰望這具巨大的身軀。
不愧是多元化的台場，充滿多樣性，多到滿出來了。
「聽說這個會變形。」
麻衣這麼說明。
「變形？」
既然來了就很想見識一下，可惜麻衣沒停下腳步。麻衣拉著咲太的手，帶他到可以看見在機

器人後方的演唱會會場入口。

進入建築物之後，麻衣找到相關人員專用櫃檯。

「你去吧。」

麻衣說完放開咲太。

「我去？」

「沒聽和香說嗎？她用『梓川』的名義準備了兩張公關票。」

「沒聽她說。」

以「櫻島麻衣」的名義拿票終究會引起無謂的注意。

咲太走到櫃檯前面，穿套裝的年輕女性客氣地詢問：「方便請教大名嗎？」

「敝姓梓川。」

女性以平板電腦檢視某個名單。看來她很快就找到「梓川」，雙眼在說「找到了」。

「總共是兩張票，請從那裡進場。」

「謝謝。」

「請慢走。」

被恭敬地送走的咲太和麻衣會合，進入演唱會會場。

走一小段通道打開隔音門，進入表演廳。

全場站票的會場內部可以說幾乎客滿，連後方都聚集了密密麻麻的觀眾。即使這樣也不到兩千人吧。

咲太與麻衣沿著牆邊走，找到後方的一個小空間就定位。此時剛好開始廣播注意事項。

禁止錄影錄音，禁止走上舞台，遵守秩序和大家同樂，避免造成周圍困擾。

今天的演唱會是四組偶像團體聯合舉辦，每組有三到四首歌的時間。甜蜜子彈是第二組。剛才櫃檯旁邊疑似觀眾的男性說「今天好像有神祕嘉賓」，所以可能還有一組。

不過今天最大咖的神祕嘉賓恐怕是麻衣。

「差不多了。」

以手機確認時間的麻衣輕聲說了。

緊接著，表演廳播放響亮的音樂，第一組團體跑上台。

「開始嘍～～！台場～～！」

總共六人。身穿漆黑服裝的她們唱出粗獷又具爆發力的歌曲。

雖說是偶像團體，卻不只是可愛清純的流行風格團體，也有許多搖滾、重金屬或龐克曲風的團體。

卯月之前說過偶像團體多達數千組。從這個數字來看，除了以主流路線進攻的團體，當然也有走小眾路線開拓活路的團體。這樣的競爭誕生新的可能性，打造出下個世代的天團。

並不是所有人都能在演藝圈成為「櫻島麻衣」這樣的正統派，真的只有極少數得天獨厚的人做得到……

咲太的視線移向麻衣，麻衣立刻察覺，和咲太四目相對。她以眼神詢問「幹嘛？」，咲太輕輕搖頭示意「沒事」，麻衣眼角隨即露出笑意表示：「這是怎樣？」

不是什麼特別的互動，卻是莫名感受到幸福的時間。

第一組團體唱完共三首歌曲。

呼叫成員的粉絲聲音傳到台上。她們一邊揮手回應一邊小跑步退場。

台上沒人之後，燈光故意調暗。

「喔喔～～！」

粉絲們的期待和下方湧現的低音重疊。

下一瞬間，淡淡的燈光照亮了舞台。原本空無一人的地方站著背對觀眾席的五名甜蜜子彈成員。

五人依序唱一小段歌曲之後轉過身，最後由站在中央的卯月高聲唱出以副歌旋律改編的歌曲開頭。

間奏段落交相傳來粉絲的聲音。「月月！」「小香！」「重重！」「蘭蘭！」「小螢！」

但是為了避免妨礙台上唱歌，旋律進入主歌之後，觀眾只揮動螢光棒在台下炒熱氣氛。

在粉絲們的支持下，甜蜜子彈的主唱由卯月擔綱。

她的歌聲精準地捕捉每一個音，確實依照歌詞注入情感。其他成員陪伴著她，整個團體譜出一首很有自我的歌曲。即使在演唱會的巨大音量下，五人的合唱也神奇地令人心曠神怡。

上次像這樣來看甜蜜子彈的演唱會是大約一年前的事。去年夏天，鹿野琴美因為家裡有事不能去，把多出來的票塞給花楓，最後是咲太陪花楓去看。

她們這個團體在這段時間的進化令咲太瞠目結舌。

所有人的歌唱功力明顯提升。

說起來，她們唱出來的音量和以前的印象不一樣。

不只如此，原本就以精密為傲的舞步感覺更加一致了。個子由高到矮的成員們動作具備統一感，幾乎完全同步。

完成度這麼高，自然會吸引觀眾的興趣，看得目不轉睛。

衝著別組偶像參加演唱會的觀眾也逐漸被台上吸引目光，甚至有人張嘴看到發愣。

然而，即使展現此等魅力，卯月那天依然說「武道館很遠」，必須召集現在的五倍多的觀眾才行。

該怎麼做才能更上層樓？

以表演水準來看，咲太認為甜蜜子彈的演唱會不落人後。明明有實力，為什麼會苦惱人氣拉

不上來？咲太就算思考也不可能得出答案。如果連咲太都懂，那麼甜蜜子彈應該早就已經走紅，在武道館舉辦演唱會了。

就在咲太思考這種事的時候——

一直都很完美的甜蜜子彈演唱會開始出現小小的破綻……

剛開始是以為自己想太多的小小突兀感。

不過，感覺只有卯月的舞步慢了一點點。

說不定是故意這麼呈現的。

直到卯月與和香互換位置才知道不是故意的。和香的眼神在一瞬間注意卯月。

咲太身旁的麻衣雙眼也浮現疑問。

哪裡怪怪的。

而且這種感覺也傳達給了粉絲，揮動螢光棒的手出現迷惘。

會場的視線自然集中到卯月身上。

卯月跳著落拍的舞步，視線投向遠方。雖然笑容沒消失，但她注視的前方沒有粉絲。

不安逐漸膨脹。

不知道正在發生什麼事。

也不知道是否正要發生什麼事。

不過，至少咲太不認為這是以「她今天可能狀況不好」就能樂觀帶過的事。

這個直覺成為現實。

進入第二段副歌的時候，事件發生了。

卯月的歌聲像是喉嚨噎到般瞬間中斷。

麥克風收到嘶啞的聲音。如同呻吟的雜音。

即使如此，甜蜜子彈的歌聲也沒停止，卯月的獨唱段落由和香與其他成員補上。

在這樣的狀況中，卯月握著麥克風繼續唱歌。

但她的麥克風看起來沒收到聲音。

「是音響出問題嗎？」

麻衣在咲太耳際低語。不過麻衣看起來在思考別的可能性，應該和咲太想著同一件事。

第一首歌就這麼結束。

舞台上排排站的甜蜜子彈成員面對粉絲。

「大家晚安～～！」

副隊長安濃八重若無其事，充滿活力地向會場觀眾問候。

「我們是～～」

「甜蜜子彈！」

成員異口同聲，但是麥克風只收到四個人的聲音。

果然沒聽到卯月的聲音。

她嘴巴在動，聲音卻沒傳到咲太這裡。或許站在舞台前方也聽不到。

大概是為卯月的異狀著想——

「好像已經拖到時間了，所以還有兩首就直接來吧！」

八重簡短地結束問候。

即將進入下一首歌的時候，台上除了卯月的四名成員不經意以視線溝通。

光是這樣就能相互傳達某些訊息。她們至今共度的時光就是如此緊密。

所以第二首與第三首歌，甜蜜子彈都順利演唱完畢。

和第一首歌一樣，只有卯月的舞步落拍，怎麼看都只有她一個人在對嘴，卻完全沒做出中斷演唱的舉動。

直到下台為止，所有成員都開朗地掛著笑容，扮演好偶像的角色。

她們前腳剛下台，第三組偶像團體就抓準節奏登場了。大概是避免會場降溫吧。

在她們的第一首歌開始之前，麻衣開口了。

「出去吧。」

咲太和她一起走出表演廳。

來到隔音門的外側，裡面傳出來的音量很小，簡直是另一個世界。
有種回到現實的感覺。
咲太與麻衣就這麼離開建築物。
兩人走向停車場。走過一個路口的時候，咲太沉重地開口。
「麻衣小姐，剛才那是……」
「大概是發不出聲音。」
麻衣很乾脆地說出咲太腦中掠過的可能性。
「雖然應該不會立刻回覆，但我傳訊息給和香看看。」
麻衣靠到路邊停下腳步，咲太也佇立在她身旁，腦中想起剛才她說的話。
——大概是發不出聲音。
這對唱歌的卯月來說意味著什麼？咲太思考著這個問題。

3

大約一小時後，和香回應了。

——現在在醫院。

麻衣的手機收到短短的這句話。

好像是在表演完畢之後立刻帶卯月去醫院。

麻衣回應「我們去接妳」問了地點，和香傳來位於台場附近的一間綜合醫院的名稱。

咲太與麻衣抵達醫院的時間是晚上八點半之後。

麻衣將車子開進空蕩蕩的醫院停車場，拉起手煞車。兩人解開安全帶，開門下車。

「可以從那個入口進去嗎？」

掛號就診的時間早就過了，只有亮著紅色急救燈號的後門開著燈。如果醫院的人說不准進入，向這個人詢問其他入口就好。如此心想的兩人走向那個入口。

此時有人影從前方走來。有兩個人影。

一人是披著長版羽絨外套的卯月，外套底下依然是舞台裝，臉上的妝也沒卸。感覺是只先取下飾品類就急忙離開會場。

和卯月在一起的人，是咲太之前只見過一次面的她的母親。不到二十歲就生下卯月的這位母親，目前勉強還在三字頭的年紀，看起來實在不像是有個念大學的女兒。

兩人都立刻察覺咲太與麻衣。

「咲太，好久不見。」

卯月的母親親切地打招呼，說著「麻衣也是」露出笑容。咲太與麻衣簡單地點頭回應，然後重新面向卯月。

「月月，還好嗎？」

咲太直接問了。

「……」

卯月沒回答，只以嘴角露出笑容，看起來有點為難。

「對不起。卯月現在發不出聲音。」

卯月的母親以一樣的語氣告知。

「……」

「……」

這次是咲太與麻衣說不出話。

麻衣猜得沒錯。

看來真的發不出聲音了。

來到這裡的途中，麻衣在車上說她看過好幾人陷入這種症狀。原因是過度的壓力或工作上的打擊，導致短時間內想說話也發不出聲音……麻衣說除此之外，她還看過耳朵聽不到聲音，或是

講話變得口齒不清的人。

咲太能夠率直地相信麻衣這番話，是因為他有過花楓因為解離性障礙而失憶的經驗。人的心理與身體比想像的還要密切相關。

「總之醫生吩咐現在先好好休息。因為她最近很忙。」

比不上麻衣就是了——卯月的母親半開玩笑地補充說道。

這段期間，卯月像是想說話卻說不出來，嘴巴數度張開之後又死心而閉上。

咲太看著這樣的卯月，察覺到的卯月和他四目相對。卯月含糊地微笑，視線立刻從咲太身上移開。

「和香她們還在裡面和經紀人說話，畢竟還有明天的活動。」

是的，甜蜜子彈在明天星期天也有演唱會。她們大概在討論這件事吧。

卯月的母親從外套口袋拿出車鑰匙。

咲太正後方的廂型車解鎖亮燈。

「那麼不好意思，我今天先帶卯月回家。」

「好的，請保重。」

咲太只說得出這種話。

卯月向咲太輕輕揮手，向麻衣鞠躬，然後坐上副駕駛座。卯月的母親確認她繫好安全帶之後朝咲太與麻衣輕輕舉起手，開車起步。

載著卯月的車子離開靜悄悄的醫院停車場。

電燈關掉一半的醫院陰暗走廊上理所當然般沒有任何人，只有咲太與麻衣的腳步聲聽起來特別響亮。

沿著通道走了一陣子，看見前方轉角射入燈光。

兩人走向那個轉角。

「卯月單飛出道的事情是真的吧？」

此時傳來一個有點冰冷的聲音。剛才大概是和香在說話。

咲太抓住麻衣的手，拉她停在走廊轉角。

停下來窺探聲音傳來的方向，可以看見開著燈的內科掛號櫃檯前面有五個人影。櫃檯前面也兼用為候診室，所有人就這麼站著說話。

身穿和咲太剛才遇見的卯月同款長版羽絨外套的人是甜蜜子彈成員。豐濱和香、安濃八重、中鄉蘭子與岡崎螢四人。她們正前方有一名成年女性承受著四人的視線。

「是和香她們的經紀人。」

麻衣不經意對咲太耳語。

年齡大約三十歲，外套穿得筆挺又戴著眼鏡的外型看起來聰明冷靜。她現在臉上透露著「傷腦筋」的神色，沒給人頑固的印象。

「怎麼樣？」

八重跟著追問。

「差不多該告訴我們了吧。」

個子嬌小的螢以有些不清楚的聲音接著說了。

「經紀人。」

再三懇求的是外表成熟的蘭子。

「……知道了啦。雖然總經紀人要我別說……不過讓卯月單飛的計畫是真的。」

經紀人認命般輕聲說了。

「意思是要畢業？」

螢搶先追問。她沒說要從「什麼」畢業，應該是因為不必說也知道，而且她也不想說。

「……」

問與被問的兩方都暫時沉默。

如果好好計算，時間應該不到五秒。即使如此依然是漫長沉重的沉默。

「總經紀人好像是這麼打算的。」

「……！」

經紀人這句肯定使得四名成員同時咬脣。

「不過卯月一度拒絕了。」

「……」

和香等人抬起頭，表情暗藏疑問，絕對沒有感到開心。

「為什麼？」

發問的是和香。

「我不知道。」

「這是什麼時候的事？」

八重繼續問。

「拍完那部廣告影片之後……所以應該是八月底。」

「居然這麼……？」

蘭子應該是要說「居然這麼早」吧。

「總經紀人也一度收回單飛計畫……但是看完那部廣告的迴響，他好像還是無法死心，想讓大家更了解卯月的魅力……實際上在那之後，也有了不起的大人物想培訓卯月出道。」

這裡說的「大人物」大概是音樂業界舉足輕重的製作人。

「這件事對卯月說了嗎？」

八重進一步發問確認，像是在和自己所知的情報逐一磨合。旁邊的和香也同樣一邊聆聽說明一邊思考。

「沒對卯月說。不過總經紀人說會再找機會跟她談。」

「那麼，最近的月月為什麼怪怪的……」

螢說出關於問題源頭的率直疑問。

「……」

甜蜜子彈成員沒想到答案。

所有人早就感覺到卯月的變化，察覺到卯月的變化了……

她們大概暗自認為原因和單飛出道有關吧。不過依照經紀人現在的說法，兩者的時間對不上，感覺應該不是這樣。

所以又搞不懂了。沒有線索了。居然嚴重到發不出聲音，卯月內心隱藏著什麼問題？

「妳們知道嗎？」

經紀人反過來詢問和香等人。

「關於那孩子的煩惱，妳們心裡有數嗎？」

「……」

沒人開口。這次也是沉默不語，不過和剛才的沉默意義不同。成員們的視線稍微相交，這是以眼神示意「可能是那件事」。

「看來有。」

「……」

即使如此，和香等人依然回以沉默。

「不想說的話就算了。妳們會自己解決吧？」

聽到經紀人的這句確認，八重代表眾人點頭。

「總之明天按照預定時間進場。」

「好的。」

四人異口同聲回應。

「至少要做好心理準備啊。」

連局外人咲太都知道是對哪件事的心理準備。

既然卯月發不出聲音，換句話說就是這麼回事……

4

回程的車上很安靜。即使比起去程多了一人，依然沒有任何人開口。

握著方向盤的麻衣專心開車，咲太坐在副駕駛座，坐在他後方的和香只是心不在焉地看著窗外流動的夜晚街景，後照鏡映出她倦怠的表情。

好一段時間行駛在一般道路的車子，經過用賀市之後迴轉開上第三京濱高速道路的入口，以ＥＴＣ通過閘門之後加速。一瞬間越過流經正下方的多摩川時，麻衣開的車已經融入時速八十公里的車流當中。

車子以固定的速度平順地前進。

咲太耐不住過於漫長的沉默，打開演唱會之前在超商買的寶特瓶汽水。是桃子口味的汽水。

咲太喝了一口。

「這個很好喝耶。」

「……」

「……」

不過麻衣與和香都沒反應。

明明貼心地想緩和氣氛，她們如此對待真是太過分了。

咲太逕自受到打擊。

「演唱會開始之前，我在後台聽說了。」

後座突然傳來這句話。

聲音壓抑情感，只留下後悔。和香總是活潑的氣息消失無蹤。各方面都不一樣，剛開始甚至聽不出是和香的聲音。

從後照鏡觀察，發現她左肩貼著車門，頭靠在車窗玻璃上。雙眼和剛才一樣看著車外景色，但她也不知道自己在看什麼吧。

「聽卯月說了。」

「……」

麻衣不發一語。

「……」

咲太也跟著保持沉默。

靜靜等待和香說下去。

「『妳覺得我們去得了武道館嗎？』她這麼問。」

「……」

「以往我都會回答『去得了啊』或是『一起去吧』。當時我也想這麼回答……」

傳入耳裡的只有車輛的行駛聲與和香的細語。

「預先敲定的演唱會中止而感到消沉的時候；工作出錯失去自信的時候；明明努力練習唱歌跳舞，粉絲卻完全沒增加，焦急得快哭出來的時候；還有愛花與茉莉畢業的時候……有成員快被不安壓垮的時候，我們都會像呼口號一樣說著『大家一起去武道館吧』相互激勵。我一直是這麼想的……」

和香的聲音逐漸帶點哽咽。不是因為悲傷，不是因為寂寞，當然也不是因為高興。是因為不甘心，因為不長進……所以一陣鼻酸。

「明明平常都說得出口，我今天卻說不出口。」

「……」

「包括我與每個成員，聽到卯月這麼問，都說不出『去得了啊』或是『一起去吧』……」

「……」

「這是當然的吧。因為以往率先這麼說的人總是卯月，內心不安的時候依然拉著大家前進的人總是卯月……」

如果只是跟著做就很輕鬆。因為有人先說了，有人先決定了……所以也覺得責任變輕。

「包括我與每個成員，都只是從這樣的卯月身上獲得勇氣。明明卯月變得不安，我們卻沒能為她做任何事。」

關於這一點，咲太認為未必是和香說的那樣。卯月在演唱會發不出聲音的時候，甜蜜子彈的成員都漂亮地補上她要唱的段落。

即使遭遇突發狀況也沒有中斷演唱會，而是唱到最後。只有和香她們做得到這種事。

確實也有粉絲察覺異狀。即使如此，她們還是繼續表演，試著去除不安。而且就某種程度來說，順利成功了。咲太認為她們在那種狀況下可說是留下了最好的結果。

這可不是隨便學一學就做得到的特技。和香說最近成員們一起活動的時間減少，但她們在今天的演唱會漂亮地發揮了偶像團體的潛力。正因為這一點傳達給觀眾，演唱會才會那麼熱烈。

不過，現在對和香說這個也沒意義。

「我們擅自認定卯月不會有問題。」

車子現在也繼續以固定速度行駛。

麻衣依然保持沉默。

即使咲太在副駕駛座偷看麻衣，她也只是和前方的白色休旅車保持距離，專心開車……

麻衣駕駛的車不知何時穿越川崎市，進入橫濱市。從第三京濱道路轉接到橫濱新道。

導航指示只要就這麼開到戶塚收費站，再沿著一號國道直走就可以回到藤澤。

「明天要怎麼做？」

車子再行駛一段時間之後，麻衣終於開口。一如往常的語氣，握著方向盤的側臉也維持自然的表情。

和香對麻衣的聲音起了反應，靠在車窗上的頭離開玻璃，傾斜的身體擺正，不禁打直背脊。

和香大概覺得自己老是講喪氣話，惹得麻衣生氣了吧。

麻衣基本上總是很溫柔，雖然很少說出口，卻熱衷地支持和香的偶像活動。出新歌就會以手機下載，CD也確實購入，今天在去程車上也播放了甜蜜子彈的歌曲。

然而相對地，在演藝活動當中，她對於天真的態度相當嚴格。正因為是這樣的麻衣，才能一直穩居家喻戶曉當紅女星的地位。

咲太也不經意靠到副駕駛座車窗這邊。以前他曾經掃到颱風尾而挨了耳光。麻衣正在開車，所以咲太覺得應該不會有事，但身體出自本能地行動了。

察覺這一點的麻衣只瞥了咲太一眼。

但她什麼都沒說。可以的話，咲太希望她說句話。不說話比較恐怖。

「明天我們要四個人上台，不包括卯月。」

「會成功嗎？」

麻衣簡短地確認。

「會成功。那還用說嗎？」

和香的聲音還是感覺得到迷惘，也隱含不安。實際上不知道會不會成功。雖然不知道，但是想成功的心態使得和香這麼說。

「這樣啊。」

麻衣嘴角愉快似的微笑。

「不能讓卯月繼續不安下去。這次由我們帶她前進。」

5

拉開窗簾一看，彷彿山脈的連綿雲朵緩緩由西往東飄。

雖然雲多，藍天卻在各處露臉。看起來像是陰天，也像是晴天……模稜兩可的天氣。

「不知道今天的演唱會是哪種天氣。」

是晴天？陰天？還是下雨？或是下大雨……

昨天收看的氣象預報，晴天標誌和雨天標誌並排，強調天氣是如同夏季般不穩定的「晴時有雨」。播報氣象的男性也以沉穩的語氣說：「可能前一秒放晴，下一秒突然下雨，所以應該會是

需要隨身攜帶雨具的一天。」

咲太以半睏的雙眼看著無從下定論的天氣。眼皮像是隨時會閉上，因為他睡眠不足有點睏。

昨天打工之後和麻衣出去看演唱會，會場發生狀況，後來還去了醫院……回家的時候已經很晚了。即使如此，咲太還是在晚上十一點多到家，所以這不是直接的原因。

主要原因是他回家之後，擔心卯月的花楓發動詢問攻勢。「卯月小姐還好嗎？」「明天的演唱會呢？」「和香小姐說了什麼？」花楓甚至跟到浴室門外，總之問了各種問題。

「花楓，妳怎麼知道月月的事？」

花楓沒去這天的演唱會。

「因為上網路新聞了。」

咲太洗好澡之後，花楓給他看筆電，畫面顯示卯月在演唱會出現異狀的報導。

幾乎都是臆測，稱不上正確的情報。即使如此，誇大的標題還是引發興趣，煽動不安。許多報導隨便謊稱成員不合，毫無根據地宣稱卯月即將畢業，想藉此引人注意。

卯月現在備受注目，這種報導應該很容易被點閱，所以許多類似的報導上傳到網路。因為有些人以此維生。

「總之沒問題的。」

「真的嗎？」

「因為她是月月啊。」

卯月擁有包括和香在內的「甜蜜子彈」同伴，也有粉絲相伴。總是從卯月那裡獲得活力的眾人正應該在這時候成為卯月的支柱。

所以可不能連周圍的人們都消沉。

「嗯，說得也是。」

大概是這份心意也傳達給了花楓，她說「明天就算下雨也要加油！」重新提起幹勁。當然並不是所有不安都已經消除，即使如此，花楓還是以自己的方式接受，回到房間。

咲太打著呵欠來到客廳時，花楓已經做好出發的準備。

現在時間來到上午九點，一分一秒地走向十點。

「已經要出門了嗎？」

今天的戶外演唱會是下午一點開始。會場在八景島，從這裡過去大概一個多小時會到。咲太知道花楓幹勁十足，但現在出門還是太早了。

「我和小美約在橫濱車站，要一起吃午飯。」

花楓如此告知之後消失在往玄關的方向。

咲太和那須野一起過去目送她出門。

「路上小心啊。」

「嗯，我走了。」

花楓打開玄關大門出去。

「真的長大成材了……」咲太看著她的背影，感慨地心想。

送花楓出門之後，咲太吃了遲來的早餐，洗好衣服、打掃完房間，在上午十一點半左右終於出門。

從藤澤到八景島的路線和前往大學差不多，直到金澤八景站都一模一樣。

選擇另一條路線，移動時間或許可以縮短十分鐘左右，但在可以使用學生定期票的區間，使用定期票還是比較划算。

即使同樣是通學區間的電車，星期日的客群也不一樣，電車裡洋溢著「假日」的氣氛。尤其轉搭京急線之後，經常可以看見全家福或情侶。不知道他們接下來要去三崎口，還是在途中的橫須賀中央站下車，說不定和咲太一樣要前往八景島。

電車抵達金澤八景站之後，有很多乘客下車。在這裡也有許多帶著幼童的家庭或是年輕情侶。他們走出驗票閘口之後，就這麼被吸入金澤海岸線的驗票閘口。

咲太也是其中一人。

以前金澤海岸線的車站在比較遠的地方，不過進行移建工程之後，轉乘變輕鬆了。

金澤海岸線正如其名，電車從車站出發之後行駛在沿海的高架橋。視線很高，可以清楚眺望遠方的海面。

窗外景色非常漂亮。咲太放空腦袋眺望，心想「是大海耶」的過程中，電車停靠三個車站，最後抵達咲太的目的地八景島站。

名為江之島的車站不在江之島，同樣地，八景島站也不在八景島。

走出驗票閘口來到站外，搭乘同一班電車的人潮往大海方向移動。

咲太的視線前方已經看見島嶼，也看見通往島嶼的橋。

走到這裡就快到了。

周圍盡是家庭與情侶，咲太獨自在人群中不斷行走。今天麻衣有工作，沒辦法來。在昨天的假日能夠相處這麼久反而比較難得。

即使有些在意周圍的視線，咲太也順利行經金澤八景大橋登陸八景島這座人造島。繼昨天的台場，咲太連續兩天踏上海埔新生地。

這裡整座島是以「海」為主題的複合式休閒勝地，附設水族館、遊樂園、購物中心、飯店與碼頭等設施。

電視也經常介紹，所以咲太知道這座島，但他是第一次像這樣親身前來。和住處距離近得隨

時都能去的地方會出乎意料地沒什麼機會造訪。這裡對咲太來說就是這樣的場所之一。

踏上島嶼就知道島的面積很大。

整體氣氛像是整備完善的公園，也像是主題樂園。這個時期開始擺出萬聖節的裝飾，更加深了這層印象。咲太在島上參考表演舞台的導覽板，往深處走。

仰望著巨大雲霄飛車的軌道行走，穿過建築物後方之後，視野突然變得遼闊。

來到島的另一邊了。這裡是一座面海的廣場，集結了許多人。

表演舞台組裝完畢，已經有咲太不認識的音樂人在表演。

是四名男性組成的搖滾樂團。

似乎頗有名氣，聚集在舞台前面的女粉絲為他們的表演瘋狂。

看來今天不是偶像限定的活動。

接下來上場的是神奈川縣出身的創作歌手。吉他、口琴與溫柔的歌聲逐漸為會場加溫。

集結的觀眾也真的是形形色色。

有些是衝著特定音樂人前來的粉絲，也有許多人只是剛好來八景島玩，不經意欣賞這場正在進行的音樂活動。

兩者的差異從炒熱氣氛的熱度就一目瞭然。

粉絲希望盡量接近舞台，相對地，不是粉絲的遊客在觀眾席後半區域抱著姑且捧場的心態拍手打節奏。不只如此，還有不少人在更遠的位置眺望舞台。

他們各自站得很開，以「他們在做什麼？」的旁觀心情聆聽樂曲。咲太也是其中一人。

雖然熱度有差，不過會場聚集了許多人。在舞台前面積極參加演唱會的人數大約兩千，和昨天的演唱會差不多。

除此之外的遊客大概有五六百人。

花楓應該已經和朋友鹿野琴美過來了，但現場人數沒有少到只要環視就可以發現她們。在這種環境不可能找到特定的某人。

「謝謝八景島！」

三十多歲的創作歌手以這句問候作結，揮著手走下舞台。一名應該是主持人的年輕女性取而代之，拿著麥克風站在舞台旁邊。

「接下來是甜蜜子彈！」

她充滿活力地這麼介紹。

開始播放歌曲前奏，成員跑上舞台。

擔任副隊長，最近在運動型綜藝節目努力的安濃八重。

戲劇通告變多的岡崎螢，之前也和麻衣共同演出。

接下來是從以前就在寫真界活躍的中鄉蘭子。

第四個登場的是金髮飄揚的豐濱和香。

這就是全部。

甜蜜子彈明明有五人，第五個人卻沒出現。

聚集在台前的粉絲們當然發現了廣川卯月缺席。會場的粉絲開始躁動，不安變成喧囂。

甜蜜子彈的四人放聲高歌，像是要吹走這股氣氛。

沒提到卯月缺席，以一如往常的表演將笑容送給粉絲們。

激烈又俐落的舞步。

在戶外也不輸給雜音的歌聲。

即使是四人登台有點大的舞台，她們看起來也不渺小。

粉絲們也呼應這股魄力，各自吆喝、拍手或是跟著台上一起跳。即使中途滴滴答答下起雨也沒人在意，反倒是將油潑在狂熱火焰上的感覺。

和香她們順著這股氣勢，全力唱完第一首歌。

頭髮溼了，閃亮的水珠滑落頸子。這不只是因為雨水。

四人深呼吸，稍微平復紊亂的氣息。

明明沒人要求，但會場籠罩著寂靜。

缺一人的甜蜜子彈成員會說些什麼？觀眾們屏息以待。

只聽得到小小的雨聲。

「大家好～～！」

副隊長八重對著會場觀眾大喊。

「我們是～～」

「甜蜜子彈！」

四人異口同聲進行一如往常的問候。

「話說，感覺我們是不是少了誰啊？」

娃娃臉的螢隨口觸及核心。

「咦？要講這個？」

和香接著說了。

「唱月月的段落很辛苦耶……」

蘭子光明正大地抱怨。

對此，粉絲們發出笑聲。

「所以月月怎麼了？」

螢再度切入核心。

「現在會場氣氛這麼祥和！別提了啦！」

和香以為難的語氣吐槽，隨即又響起笑聲。

「月月的段落很辛苦耶……」

蘭子噘起嘴，露出「我的話題還沒說完」的不滿表情。

「我也很辛苦啊！喂，八重，別光是看，趕快工作啊！」

和香一副懶得理會的感覺，將話鋒轉向八重。

真的是充滿默契的合作。粉絲們前來參加演唱會，也是期待看見她們這樣的互動。

「大家放心。」

八重向會場這麼說。

讓大家的注意力集中在她身上。

「卯月一定會回來！」

接著她堅定地表達自己的想法。

「所以來唱歌吧！」

以此為信號，會場響起第二首歌的旋律。

在演唱會炒熱氣氛的招牌歌曲。

粉絲們的應援動作也已經有固定的形式，台上台下融為一體的感覺令人讚嘆。

咲太旁邊那對「不經意跟著看」的情侶露出苦笑。

「總覺得好厲害。」
「嗯……」
情侶這麼說，對於偶像與粉絲的熱度有點不敢領教。但他們沒有遠離舞台，視線帶著好奇投向和香等人，對這樣的表演感興趣。也有很多觀眾和他們一樣。
從導歌進入副歌之後，粉絲們更加狂熱，雨勢也隨之變大，雨量差不多令人想撐傘了。
抬頭一看，天空有厚重的烏雲，不遠處也看得見藍天。那一區大概放晴吧。如氣象預報所說，天氣捉摸不定，端看雲層如何流動。
甚至不知道幾分鐘後會是什麼天氣。
不過等這首歌唱完，甜蜜子彈再唱一首歌就結束表演。今天她們分到的時間也只有三首歌的長度。
而且第二首歌只剩下最後一段副歌。
表演將會順利結束。
才這麼想，會場就「砰！」地發出響亮的聲音。
照亮舞台的燈光同時熄滅。
觀眾們的驚慌成為一陣大浪捲向咲太這裡。
和香她們也抬起視線，在意著熄滅的燈光。

歌曲同時停止。麥克風也收不到和香她們的聲音，喇叭就這麼保持沉默。

所有人都說不出話，會場鴉雀無聲。

大概是供電系統出問題，整個演唱會會場停電。首先想得到的原因就是這場雨……

這麼一來，台上的四人只能茫然佇立著。

會場頓時開始騷動。

沒多久，一名身穿工作人員外套的男性從舞台側邊上台。他手上拿著擴音器。

「目前正在確認原因，請各位稍候。」

只以制式化的說法告知演唱會暫時中斷就立刻下台。

舞台上的成員領到長版羽絨外套以免受涼。和香她們一副不得已的樣子收下。

狀況惡劣至極。

對於粉絲是如此，對於和香她們甜蜜子彈的成員更是如此。

卯月缺席的本日演唱會，無論如何都必須成功。

她們應該是抱持這個堅定的決心登台。

要是被這種意外妨礙，她們吞不下這口氣。

正因如此，即使工作人員催促，和香她們也沒有要下台的意思。還想繼續唱，想立刻繼續唱。這份心情讓她們留在台上。

然而事與願違，看到演唱會中斷，部分觀眾離開了。尤其是觀眾席後半區域，原本不經意欣賞的遊客明顯走了許多人。

雨勢再度變強。如今沒撐傘會很難受，總之咲太戴上了連帽衣的兜帽避雨。

聚集在舞台前面的觀眾也因為下雨，人群從後方逐漸散開。走掉一個人，兩個人，接著是三兩成群離開。既然無法指望重新開唱，自然會想找地方躲雨。

觀眾們的這種舉動，在台上應該看得更清楚吧。

對於這個束手無策的狀況，咲太遠遠地也看得見和香不甘心地咬著嘴唇。

一人，又一人。舞台前方的人愈來愈少。但也多虧這樣，咲太得以在變得稀疏的觀眾之中發現某人。

咲太今天就是為此而來。咲太是來找她的。

卯月孤零零地站在出現縫隙的觀眾人潮中。

她戴著鴨舌帽，再戴上連帽衣的帽子。

筆直看著舞台的視線比這裡的任何人都認真擔心成員們。

以卯月的個性，咲太認為她會來。連咲太都因為在意所以來看今天的演唱會，卯月不可能不來。

咲太慢慢走向卯月，停在她身旁。

「妳常來看甜蜜子彈的演唱會嗎？」

他故意見外地這麼問。

「……」

卯月只以餘光瞥了咲太一眼。但是發不出聲音的她默默將視線移回台上。

「放心吧，我不會對任何人說。」

「……？」

「在我面前說話沒關係的。」

「……」

卯月表情沒變，沒露出驚訝或為難的樣子，也沒主張自己發不出聲音。

因為咲太說的是真的。

「大哥居然知道我騙人。」

「騙子很擅長戳破謊言喔。」

昨天在醫院見到卯月的時候，咲太就覺得有這個可能性。再怎麼說，他都認為卯月的態度過於冷靜，過於缺乏情感，已經到了不太自然的程度……這種反應看起來像是有所隱瞞，而且在目前這個狀況，卯月隱瞞的非那件事莫屬。

「原來大哥是專門戳破謊言的人啊。」

「啄木鳥的朋友嗎？」（註：日文中「戳破謊言」與「啄木鳥」音近）

「這樣對啄木鳥很失禮喔。」

「啄木鳥個性寬容，應該沒關係吧。」

「是嗎？」

卯月切換心情般微微笑了。對話就此中斷，短暫的沉默降臨在咲太與卯月之間。

在這樣的狀況中，再度開口的是卯月。

「昨天的演唱會，我是真的發不出聲音。」

卯月辯解似的輕聲說了。

「雖然大哥可能不肯相信……」

看著咲太的卯月視線似乎沒什麼自信。

「我相信。畢竟我昨天有去看。」

咲太不認為那是裝出來的，也覺得是突發意外。

「當時大哥站在後面那一區吧？」

「妳早就發現了嗎？」

「因為在台上看得很清楚。」

「那麼，豐濱她們說不定也發現我們了。」

咲太看向舞台，和香她們至今依然留在台上。

「……或許吧。」

同樣仰望舞台的卯月露出為難的表情一笑。

下個不停的雨逐漸淋溼卯月的連帽衣。

「演唱會，我每場都來喔。」

「……？」

「大哥的第一個問題。」

「喔喔。」

「從甜蜜子彈的第一場演唱會開始到現在，再怎麼小型的演唱會都不曾缺席。」

卯月以平穩的音調說了。

「那麼，之前也發生過這種問題嗎？」

咲太故意回到陌生人的客套模式，配合卯月的話題。畢竟一開始是咲太這麼搭話的。

「發生過喔。雖然不是這麼大的舞台，不過當時音響發不出聲音。」

「當時怎麼辦？」

「站中間的女生不用麥克風直接唱。」

卯月這麼說。

幾乎在同一時間，甜蜜子彈的成員們接連脫掉長版羽絨外套……

從這裡看過去有點遠的舞台上，四人以眼神相互溝通，同時大口吸氣。然後在下一瞬間，四人引吭高歌。

沒有樂器伴奏。

音響也沒播放配樂。

麥克風收不到歌聲，雨聲也變得嘈雜，雨珠滴滴答答打在衣服或地面上。

即使如此，和香她們依然排成一列，繼續進行只有四人的小型合唱。

連咲太與卯月所站的地方也勉強聽得到。

像是快要消失的歌聲。

然而會場的氣氛因而開始逐漸變化。

靠近舞台的前方有人打著拍子。每拍一次，拍手的人就增加，逐漸傳染到後方。

察覺到這個聲音，原本要離開的部分觀眾停下腳步，疑問與好奇各半……以這樣的表情看著台上四人與台下粉絲們。

這段表演當然遠遠稱不上完美，因為和香她們放棄跳舞，只專心唱著改編為抒情版的歌……

拍手應援甜蜜子彈的圈圈如今擴散到咲太與卯月所在的前方。超越偶像或粉絲這種界線的融合感即將誕生。

即使如此，也沒能完全阻止人潮離開舞台。將近一半的觀眾走了。

現在也是一個接一個離開。

「到頭來，那個女生沒上場嗎？」

「好蠢。走吧。」

咲太與卯月後方也有人這麼說，轉身離開舞台。

不只是他們，對剛好待在這裡的遊客來說，和香她們在想什麼都不重要。

既然拍廣告成為話題的卯月會上場，那就看一下吧。眾人只是這麼想的。

不過她沒上場，那就走吧。如此而已。

「這就是我們的現實。」

卯月輕聲說著。但她的話語清楚地傳給了咲太。

「雖然和大家拚命努力到今天，打拍子的粉絲卻不到一萬人。」

留下來的大概是六百人左右吧。

「不過魄力十足喔。」

「嗯，很棒的演唱會。」

這句話聽不出任何虛假。

「既然這樣，就別待在這種地方，要不要過去會合？」

卯月像這樣確實發出聲音說話。既然發得出聲音，應該就能唱歌。

「我沒這個資格。」

「妳明明是甜蜜子彈的成員，是隊長，是主唱啊。」

「我也和剛才那些人一樣。」

她說的「那些人」應該是嘴裡說著「好蠢」離開的觀眾吧。即使轉頭往後面看，也已經連他們的背影都看不見了。

「我也有一樣的想法。看著和香她們拚命追尋無法實現的夢想，內心某處的我……在嘲笑她們。」

「……」

「察覺這一點之後，我就沒辦法和她們一起站上舞台了。」

不是哀嘆，也不是悲傷，卯月平淡地述說這個事實，有點惆悵地注視著舞台。

昨天演唱會開始之前，她大概也和現在一樣，對和香她們問了「妳們覺得我們去得了武道館嗎？」這個問題。以早就客觀看清現實的冰冷聲音這麼問……

只能以這種語氣說話的卯月側臉看起來甚至帶著寂寞。

——原來，大家之前也是那樣笑我的。

那天，卯月得知了這個事實。

如果僅止於此，卯月現在應該不會在這種地方仰望舞台。
然而在那個時候，卯月察覺了另一件事。
她也理解了嘲笑她的人們是怎麼想的。
因為她已經會看氣氛了。
因為她已經能理解調侃與挖苦了……
察覺到自己巧妙地運用真心話與表面話嘲笑他人的這種心態。
不過，這又如何？
對人類來說，這是理所當然擁有的情緒之一。
任何人都會這麼想。
任何人都會這麼做。
所以……
「這種事，豐濱她也早就知道了。」
「……？」
「早就知道自己是沒沒無聞的偶像。」
「……」
「那傢伙知道有人嘲笑這樣的她。」

即使如此，和香依然站在舞台上放聲歌唱。

「其他成員大概也一樣。」

即使如此，依然繼續唱下去。

「也知道維持現狀的話，不可能唱進武道館。」

「……！」

「她們確實看清了這個現實。」

「……既然這樣，為什麼？」

卯月的聲音在顫抖。

「妳是當真這麼問嗎？」

「……」

「這種事簡單得連我也想像得到。」

卯月不可能不知道。因為她一直以來與和香等人度過相同的時間，做過相同的努力，站在相同的舞台上。即使再怎麼沒人捧場，再怎麼被人無視，依然一起努力到今天……

反倒正因為是卯月，所以應該知道這份比任何人都強烈的心情……

繼續唱下去的其他成員內心怎麼想，卯月是這個世界上最清楚的人。

「我……該怎麼做？」

歌曲進入第二節副歌。時間所剩不多。

「月月，現在正是看氣氛的時候吧？」

咲太能說的頂多只有這句話。

卯月抬頭看向咲太，表情有點吃驚。但她立刻以衣袖擦掉盈眶的淚水，筆直注視舞台。

那眼神是咲太熟悉的廣川卯月。

卯月脫下連帽衣的帽子。

拿下的鴨舌帽由咲太接下。

藏在帽子裡的長髮輕盈披下。

第二節副歌終於結束。

打拍子的短暫間奏。和香她們以哼唱連結旋律。

接下來要進入最後副歌之前的C段，平常都是由卯月獨唱。

而且在原本的樂曲裡，也是只有鋼琴伴奏的平靜段落。

熟知甜蜜子彈歌曲的粉絲們一如往常，在即將進入C段的時候停止打拍子。

為了專心聽歌。

寂靜籠罩四周，聽得到雨的哭聲。卯月吸氣的聲音蓋過了雨聲。

接著，卯月的歌聲響遍全場。

會場的視線瞬間聚焦在觀眾群裡的卯月身上。

和香她們也在台上看向這裡，看著卯月。

卯月向前一步，再向前一步。此時，聚集在台前的觀眾們，明明沒人下令卻分成兩邊，為卯月開出一條通往舞台的紅毯路。

卯月以穩健的腳步走在這條路的正中央前進。

同時唱著歌曲，譜出旋律。

最後，在C段要結束的時間點，卯月抵達舞台下方。

「月月～～！」

和香四人異口同聲。

「月月～～！」

粉絲們也高聲呼應。

「好，開始吧！」

八重一聲吆喝，四名成員同心協力將卯月拉上舞台。

雲層之間透出一道光芒。光之階梯從天空向下延伸。耀眼的光照亮海面，照亮觀眾們的頭頂，並且照亮卯月所站的舞台……

天然的聚光燈打在舞台上。

音響發出細微的回授音之後傳出聲音。所有人立刻知道恢復供電了。

卯月接過備用的麥克風，五人齊聚在舞台中央，一起唱出最後的副歌。

粉絲們高聲歡呼，湧起喝采。

在火熱氣氛的正中央，卯月她們不明就裡地流下眼淚……而且滿臉笑容。

終章　Congratulations

天空好高。

無窮無盡，清澈純淨。

天空的顏色與其說是藍色，更像白色，與其說是白色，更像透明。

橄欖球狀的月亮低懸天際。

總覺得像是冒牌貨，仰望的咲太忍不住笑了。

沿著電車軌道，從金澤八景站延續往大學入口的通學路。

學生們零星走在這條路上。

遭遇下雨與器材故障的八景島戶外演唱會隔天。

既然昨天是星期日，隔天的今天無論如何都是星期一，大學當然正常上課。

即使昨天發生各種不得了的事件，也和大學行事曆無關。

「呼啊～～」

咲太打著呵欠穿過正門。

走在前方不遠處的學生也打了一個大呵欠。

第一節開始前的這個時間，所有人都是從正門走進學校。現在才早上八點多，不可能有學生反向走出校門回家。

是的，不可能有這種人，然而咲太發現某個人影沿著銀杏步道走向這裡。

而且是他認識的人。

是卯月。

對方也發現咲太，往這裡走過來。

兩人走近彼此，在林蔭步道途中停下腳步。位置剛好在操場側邊。

「月月，妳要回去了嗎？」

連第一節課都還沒開始。她究竟來大學做什麼？

「我去學務處繳交退學申請書了。」

「……」

突然的報告使得咲太瞬間說不出話。

需要一點時間將「退學申請書」這五個字轉換成正確的文字。

「……真是突然啊。」

不過這種行動速度實在很像卯月的作風。而且卯月這麼做的原因，咲太心裡有數。

昨天，演唱會結束之後，卯月在甜蜜子彈成員與粉絲們面前宣布兩件事。

第一件事是她要接受傳聞至今的單飛出道，但她不會從甜蜜子彈畢業。也就是要身兼二職。

第二件事則是……

「我要帶大家去武道館！」

她這麼說。

「所以各位粉絲、和香、八重、蘭子、螢，你們也要帶我去武道館喔！」

卯月以獨特的口吻補充這段話。

甜蜜子彈的成員們聽完，以卯月為中心抱在一起，粉絲們歡欣鼓舞。

在那之後，卯月不懂得察言觀色地提議「那麼，安可～～！」的時候，和香她們還是愣了一下，不過大概是某個會場工作人員順應場中氣氛播放樂曲，五人加碼多唱了一首歌。

從結果來看，演唱會以大成功收場。

因為器材故障而清唱演出的第三首歌尤其受到高度矚目。當時的狀況在昨天就上傳到影音網站，直到卯月登場的那段過程迷倒眾生，誕生出大量粉絲。像是花楓回家之後也重看好多次。

「對大學沒有任何眷戀嗎？」

「大哥，你之前問過吧？」

「嗯？」

「我選統計科學系的理由。」

「嗯，我問過。」

是兩人前往三崎口那時候的事。

「我就告訴大哥當成訣別禮吧。」

「可以當成餞別禮就好嗎？」

咲太還不想結束人生。

「我覺得來這裡就可以稍微理解了。」

「理解什麼？」

「理解大家是什麼樣子。」

「……」

咲太之所以默默接受卯月這句話，是因為他也抱持相同的想法……

「如果理解這一點，我應該也可以更理解和香她們。」

卯月的反應有點害羞，證明這是她的真心話。卯月一直沒能察言觀色，在甜蜜子彈裡也特立獨行。那個地方願意接納這樣的卯月。但是如果能理解，卯月就會想要理解，想更了解和香或其他成員的想法……明知自己的幸福不是由「大家」決定，而是由自己決定……但她至少想知道成員們心目中的幸福是什麼。這當然是為了更增進彼此的情誼。

卯月使用的方法是先學習「大家」是什麼樣子，嘗試融入「大家」。

卯月成就了「某些事」，導致世間的「大家」看她不順眼，想拉她一起成為普通大學生。但

是卯月像這樣嘗試融入之後，她和「大家」的利害關係變得一致。

結果導致卯月和大家建立聯覺（Synesthesia），變成會穿類似的衣服，會暢談相同話題，變得會察言觀色。

以咲太自己的方式來解釋，這就是這次思春期症候群的真面目……理央或許會使用不太一樣的方式形容，不過咲太理解到這樣就夠了。因為他應該面對的不是現象，而是名為廣川卯月的這個朋友。

「我想，大哥應該也是這種理由吧？」

「嗯？」

「選統計科學系的理由。大哥明明知道還裝傻。」

卯月察言觀色地笑了。

「如我之前所說，我只是選了錄取率高的科系。」

「所以學業這方面交給大哥了。學會的話也要教我喔。」

「妳有在聽我說話嗎？」

「剛才那是故意裝作沒聽到喔。」

卯月說完笑了好一陣子，然後回復為正經的表情。

「最後還能再和大哥聊一次，真是太好了。」

「因為饒富機智的對話很有趣啊。」

「對，就是這樣。」

此時卯月瞥向手機。應該是在看時間。

「接下來要工作？」

「嗯，我得走了。」

卯月說著伸出手。

「我說啊，月月。」

咲太一邊這麼說一邊握住她的手。

離別的握手。

「……？」

卯月掛著微笑等待咲太說下去。

咲太沒有準備任何話語，因為他剛剛才知道卯月申請退學。即使如此，心情依然變成某種形式，自然而然脫口而出。

「恭喜妳畢業。」

如果大學生活是出社會之前的準備期間，那麼對卯月來說，今天應該可以說是她展翅高飛的日子。

雖然比大家早了點，但這是卯月決定的路。

聽到咲太這句話，卯月先是愣了一下，但她立刻像是難為情又像是開心地笑了。

她用力回握咲太的手，再度揚起嘴角一笑，對咲太說「那我走了」之後跑向正門。

從門外走進來的學生們發現了奔跑的卯月。他們今天也和這個年代的學生一樣，穿著類似的衣服，梳著類似的髮型，女生會化妝，揹著背包或提著手提包，聊著類似的話題，看手機，帶耳機聽流行的音樂。即使卯月繳交退學申請書也沒有任何改變，他們的日常就在這裡。

卯月察覺到這些學生的視線與意識。

雖然察覺，卻沒有停下腳步在意。

卯月沒放慢速度，奔跑著穿過正門。

跑出大學一步、兩步、三步的時候，卯月像是想起什麼似的緊急煞車。

就這麼順勢轉身面向咲太。

「大哥，掰掰～～！」

她蹦蹦跳跳說著「掰掰～～！掰掰～～！」張開雙手揮舞。

位於那裡的是不會看氣氛的卯月。

然而並不是回復原狀，不是以前那個一直不會看氣氛的卯月。

學會看氣氛之後，卯月得知周圍在嘲笑她，知道自己內心也有嘲笑他人的情感。

不過，卯月已經不會當場察覺這種情感了。

現在也是，即使從旁邊經過的學生眼神在笑她，她也沒發現。「真是看不下去」或「大清早就這麼吵」這種內心的嘲笑，她也沒察覺。

就只是拚命揮手，愉快地期待咲太的反應。

所以，咲太朝卯月大幅揮手回應。

旁邊經過的學生視線冰冷，但咲太不以為意。

因為卯月最後說著「掰掰！」露出滿足的微笑。那張笑容的價值高得多。

卯月再度朝著車站方向跑去。

咲太一直目送到這個毫無迷惘的背影消失。

即使已經看不見也沒離開原地。

時間大約三秒。

數到第四秒之前，旁邊傳來女性的聲音。

「唉～～真可惜。明明好不容易讓她學會看氣氛了……」

不知何時，咲太身旁站著一名年約二十歲的女性。

她穿著紅色的衣服。不是普通的紅色衣服，是聖誕節的服裝，而且是穿著黑絲襪的迷你裙聖誕女郎。

「……」

咲太驚訝地看著這名女性沒多久，她就察覺咲太的視線，像在確認什麼似的繞了咲太一圈。

咲太以眼睛追著她的動作。

「嚇我一跳。你看得見我啊。」

她裝模作樣地將手抵在嘴角。

以可愛的臉蛋裝出可愛的模樣。

鐘樓的指針走到上午八點四十五分，第一節課再五分鐘就要開始。走林蔭步道前往主校舍的學生們加快腳步經過。

大致計算應該有五六十人吧。即使如此，卻沒人對聖誕女郎感興趣。明明是迷你裙聖誕女郎，卻直接從她身旁走過去。感覺不像是視而不見。

那些學生真的沒看見她。

「不愧是梓川小弟。」

「……請問您是哪位？」

到目前為止，咲太不認識任何聖誕女郎。

「放心，我們是第一次見面。」

「我完全放不下心。」

她好像認識咲太，而且只有咲太看得見她……所以找不到任何可以放心的要素。

「你應該認識我喔。」

「我對您沒印象。」

「是嗎？」

迷你裙聖誕女郎露出壞心眼的笑容。

「我啊，叫作霧島透子。」

這確實是咲太知道的名字。

後記

大學生篇開始了。

接連改編為電視動畫與劇場版，《青豬》真的是在許多人的支持下順利成長茁壯至今。由衷感謝提供助力的各位相關人士。

責任編輯黑川大人、由田大人、黑崎大人，我撰寫本書的過程中備受各位關照了。

這次也要鄭重感謝陪我走到最後的各位讀者。下集是由那個孩子擔任女主角，敬請期待。

鴨志田一

在流星雨中逝去的妳 1~3 待續

Kadokawa Fantastic Novels

作者：松山剛　插畫：珈琲貴族

以「夢想」與「太空」為主題的感人巨作，
劇情發展出乎意料的第三集！

平野大地得知同班女同學宇野宙海的夢想是成為偶像明星。然而，他在未來看到宇野夢想破滅而挫敗——確定會失敗的夢想能叫作夢想嗎？另一方面，公寓上空出現無人機監視星乃。六星衛一再度伸出黑手；神祕的流星雨灑落在月見野市——

各 NT$250/HK$83

國家圖書館出版品預行編目資料

青春豬頭少年不會夢到迷惘女歌手 / 鴨志田一作；
哈泥蛙譯. -- 初版. -- 臺北市：臺灣角川, 2020.10
面；　公分. -- (Kadokawa fantastic novels)

譯自：青春ブタ野郎は迷えるシンガーの夢を見ない
ISBN 978-986-524-031-8(平裝)

861.57　　109012106

Kadokawa
Fantastic
Novels

青春豬頭少年不會夢到迷惘女歌手

（原著名：青春ブタ野郎は迷えるシンガーの夢を見ない）

２０２０年10月21日　初版第１刷發行
２０２４年５月30日　初版第９刷發行

作　　者：鴨志田一
插　　畫：溝口ケージ
日版設計：木村デザイン・ラボ
譯　　者：哈泥蛙

發 行 人：台灣角川股份有限公司
總 監：呂慧君
總 編 輯：蔡佩芬
主　　編：林秀儒
編　　輯：孫千棻
設計指導：陳晞叡
美術設計：吳佳昫
印　　務：李明修（主任）、張加恩（主任）、張凱棋、潘尚琪

發 行 所：台灣角川股份有限公司
地　　址：１０４台北市中山區松江路２２３號３樓
電　　話：（02）2515-3000
傳　　真：（02）2515-0033
網　　址：www.kadokawa.com.tw
劃撥帳戶：台灣角川股份有限公司
劃撥帳號：19487412
法律顧問：有澤法律事務所
製　　版：尚騰印刷事業有限公司
ＩＳＢＮ：978-986-524-031-8
